JN098555

ものがわかるということ

養老孟司

祥伝社

ものがわかるということ

まえがき

若い頃は、勉強すれば、なんでも「わかる」と思っていた。たとえそのときにわからなくても、時間さえかければ、わかるようになるはずだ。そう考えたのではなくて、ただ素直にそう思っていたのである。

その思いが壊れたのは、いつ頃だろうか。子どもの頃から、手あたり次第に本を読む癖があった。ということは、どういう本でも読めばわかるはずだ、という前提が自分にあったに違いない。同様に、若い頃の私は本のように世界を「読もう」としたのである。世界が本であるなら、確かに読める。「字は読める」が中身を本当に理解したかどうかは、もちろんわからない。

だから苦手があった。それは社会の事象と人の心である。社会のことは複雑すぎて、手に負えない。読もうと思っても、読み切れない。人の心なんて、読めたものではない。大学生の頃からそれがやっとわかってきたから、専門を選ぶときに、解剖を選んだのかもしれない。死者の心は読めない。読む必要もない。そのときに読めるのは、自分の心だけである。

でも自分の心を読むためには、一度自分の外に出なければならない。「地球は青かった」のは、ガガーリンが地球の外に出たからである。結局、私の場合、自分の外に出ようという企ては成功しなかった。自分を客観的に見る、と言ってもいい。成功しなくてよかったかもしれないので、成功していたら、おそらく精神科に入院していたであろう。

八十代の半ばを超えて、人生を振り返ってみると、わかろうわかろうとしながら、結局はわからなかった、という結論に至る。それで「わかるとはどういうことか」という本が生まれたわけで、結論があるはずがないのである。

最近、友人の池田清彦が「人生に生きる意味はない」、ということを述べた(メルマガ「池田清彦のやせ我慢日記」Ｖｏｌ．229)。それがネットで話題になっていたが、私は池田らしい言い分だなあと思っただけである。

別に人生に意味があってもなくてもいいので、そのことを詳細に議論すると長くなるからやめる。ただ「人生の意味がわかった」と言われたら、怖い。世の中にその種の傾向がたまに出現することがあって、このところ旧統一教会問題が騒がれているから、池田の発言は一種の警告であろう。

人生の意味なんか「わからない」ほうがいいので、わからないと気がすまないというのは、気がすまないだけのことで、それなら気を散らせばいい。私は気を散らすために、虫捕りをはじめとして、いろいろなことをする。今日も日向ぼっこをしていたら、虫が一匹、飛んできた。寒い日だったから、なんとも嬉しかった。今日も元気だ、虫がいた。それが生きているということで、それ以上なにが必要だというのか。

世界をわかろうとする努力は大切である。でもわかってしまってはいけないのである。そこの土俵際が難しい。この本がその種のことを考える人にとって、なにかの参考になればありがたい。

二〇二二年十二月
養老孟司

ものがわかるということ　目次

第二章　「自分がわかる」のウソ

第三章　世間や他人とどうつき合うか

第四章　常識やデータを疑ってみる

第五章　自然の中で育つ、自然と共鳴する

第一章

ものがわかるということ

代数がわからない

「ものがわかるとはどういうことでしょうか?」

これが編集者の沼口さんからいただいた質問です。「わかる」とはどういうことなのか、それが「わからない」。じゃあ説明してみましょうか、ということでこの本が始まりました。それなら私が「わかるとはどういうことか」わかっているのかと言えば、「わかっていない」。「わかって」いなくても、説明ならできます。私は長年教師をやってきたので、「わかっていても」「わかっていなくても」生徒の質問には答えるものだという癖がついています。沼口さんは生徒ではないけれど、訊かれた以上は、何か答えるというのが、教師の抜きがたい癖なのです。

大学生の頃、アルバイトの家庭教師をさんざんやりました。教えるのはたいてい数学、中学生にはずいぶん数学を教えました。なぜなら数学が「わからない」子が多かったからです。そういう子どもを見ていると、「何が何だか、わからない」んだな、ということが「わかる」んです。いま生きている身近な世界という状況の中で、自分がとりあえず数学の問題を考えている。そのことの意味がわからない。いま自分がしていることの意味がわからないわけです。全体の中での位置づけが不明なのです。

なぜ自分が数学をやらなけりゃならないのか、それが「わからない」。親は受験だとか、将来だとか、いろいろ言うけれど、結局はよくわからない。わからないけれど、辛抱してやる。これは大人になってもたいていの人がすることですから、数学の勉強は社会で生きていくためのいい訓練になります。

なぜやらなきゃならないのか、よくわからないけれど、なにしろやるしか仕方がない。それが仕事というものでしょう。この本だって、なぜ書いているのかよくわからないけれども、ともかく書いています。

さて具体的な数学の問題にしましょう。2a－a＝2と解答すると、間違いにされます。式を見直してみても、どう考えても、間違いとは思えないのです。2aからaを引けば、残りは2でしょうが。このあたりから人生の挫折が始まります。2aとはaが二つあることだ、と教わります。2×aを2aと書く。そういう約束事なんだよ、と。そんな約束事、聞いたことがない。勝手に決めやがって。

世の中のことは、ほぼそういうものなのです。約束事を決めるときに、自分は参加してなかった。それなのに、もう決まってしまっているらしい。世の中には他にもたくさんの約束事があって、それを知らないと困ったことになります。そういうわけで、学校の勉強とは、わからなくてもいいけど、とにかく、

2a－a＝a

だと「わかりなさい」というものなのです。それが「わかる」と、なぜ勉強しなきゃならないのかも、いずれ「わかる」。

ところでaとは何か。先生に訊くと、何でもいいのだと教わる。リンゴでもミカンでも大根でもいい。それじゃあaとは化け物か。気持ちが悪いなあ。そんなaなぞ消してしまえ。そういう気持ちが大きな背景にあって、2a－aが2になるのかもしれませんね。化け物は消せ。

当たり前のことを訊かれると「そんなことはわかっている」と返事をします。これ

は「知っている」と言ってもいいですね。「わかっている」と「知っている」の違いは何でしょうか。2a－a＝aだと知っているだけでは4a－a＝4になってしまうかもしれません。4aはaが四つあることだと「わかって」いれば、そこからaを一つ引くと、答えは3aになります。つまりわかっていると、他の問題にも正解が出せます。何か一例を「知っている」だけでは「わかっている」ことになりません。「知る」というのは具体的なことを一つ記憶するということですね。

「あいつなら知っている」というのは、「あいつのことならわかっている」とはずいぶん違います。「知っている」とは近所で出会ったことがあるとか、テレビの画面で見たことがあるとか、具体的な一つのことを指します。「わかっている」はそれとは違います。これまで目や耳から何度も入ってきていて、あいつがどういう状況でどうするか、かなり予測がつくということですね。その予測をするのが脳という器官です。これをいまではシミュレーションと言います。

他者の心を理解する

ヒトは脳が大きくなって、動物とは違う能力をもつようになりました。意識というはたらきです。意識はたぶん動物でももっていますが、ヒトの意識は「同じ」と「違う」を理解できます。意識は脳の中で発生する能力と思われるので、その脳に入ってくる「入力」は知覚あるいは感覚と呼ばれます。感覚は世界の違いを捉えますが、ヒトの意識はそこから「同じ」を創り出します。「同じ」という能力は、ヒトの意識の特徴と言っていいと思います。このことは『遺言』（新潮新書）の中で詳しく説明しておきました。「同じ」という能力は交換を生み、お金を生み、相手の立場を考えるという能力を生み出します。

人間は「同じ」も「違い」もわかる。でも、猿はたぶん「違い」しかわかりません。その違いはいつ頃生まれるのか？

アメリカの科学者が、自身の子どもが生まれたとき、同じ頃に生まれたチンパンジーの子を見つけてきて一緒に育てました。

ほぼ同時期に生まれたその子どもとチンパンジーの発育を比較したところ、生後三年までは、なんとチンパンジーの能力のほうが上でした。特に運動能力は優っています。

ところが四歳から五歳になると、人の発育が急に進みます。チンパンジーは身体は発育するのですが、知能はそれ以上発達しないのです。

おそらく三歳から五歳の間に、人とチンパンジーを分ける何かが起こるのでしょう。

それを確かめた実験もあります。

参加するのは三歳児と五歳児。舞台に箱Aと箱Bを用意します。

そこにお姉さんが登場します。箱Aに人形を入れ、箱にふたをして舞台から去ります。

次に、お母さんが現れます。箱Aに入っている人形を取り出し、箱Bに移します。

そして、箱Bにふたをして立ち去ります。

再びお姉さんが舞台に現れます。

そこで、舞台を見ていた三歳児と五歳児に、研究者が質問します。

「お姉さんが開けるのは、どちらの箱？」

三歳児は「箱B」と答えます。自分はお母さんが人形を移したことを知っているため、お姉さんも箱Bを開けると考えてしまいます。

一方、五歳児は「箱A」と答えます。なぜならお姉さんは、お母さんが人形を移したのを見ていないからです。もちろんこちらが正解です。

三歳児と五歳児は、なぜ違った答えをしたのでしょう？

五歳児は「自分がお姉さんの立場だったら」と考えました。お姉さんと自分を交換して考えられるのです。

三歳児には「お姉さんの立場に立つ」ということができません。「人形は箱Bに入っている」ということを自分が知っているように、お姉さんも知っていると思ってしまうのです。

この他者の心を理解するというはたらきを「心の理論」と呼びます。発達心理学では「心を読む」と表現しますが、私は「交換する」と考えます。必ずしも心を読む必要はなく、「相手の立場だったら」と自分が考えればいいのです。

この、自分と相手を交換するというはたらきも人間だけのものです。

現実も人間も変わり続けている

心の理論が示すように、人間の脳は、できるだけ多くの人に共通の了解事項を広げていくように発展してきました。人間の脳は、個人間の差異を無視して、同じにしようとする性質をもっています。だから、言語から抽出された論理は、圧倒的な説得性をもちます。論理に反することを、脳はなかなか受け付けないのです。

私たちは生まれたときから、言葉に囲まれて育ちます。生まれたときには、すでに言葉がある。だから言葉を覚えていくということは、周りにある言葉に脳を適応させていくことにほかなりません。

言葉は自分の外側にあるものです。私が死んでも言葉がなくなるわけではありません。脳が演算装置だとすると、言葉は外部メモリ、つまり記憶装置です。そこには文字によって膨大な記憶が蓄えられています。

言葉だけではありません。言葉よりもう少し広い概念が「記号」です。絵画や映像、音楽は言葉ではありませんが、人に何かを伝える記号です。

記号の特徴は、不変性をもっていることです。だから違うものを「同じ」にできる。「黄色」という言葉は私が死のうが残り続けます。

でも、現実は変わり続けています。こんなことは昔の人はよく知っていました。「諸行無常」も「万物は流転する」も、変わり続ける現実を言い表した言葉です。

しかしいまや、記号が幅を利かせる世界になりました。記号が支配する社会のことを「情報社会」と言います。記号や情報は動きや変化を止めるのが得意中の得意です。

現実は千変万化して、私たち自身も同じ状態を二度と繰り返さない存在なのに、情報が優先する社会では、不変である記号のほうがリアリティをもち、絶えず変化していく私たちのほうがリアリティを失っていくという現象が起こります。

そのことを指して私が創った言葉が「脳化社会」という言葉です。

情報や記号で埋め尽くされた社会

情報社会と言うと、絶えず情報が新しくなっていく、変化の激しい社会をイメージする人が多いかもしれません。しかし、私の捉え方はまったく逆です。情報は動かないけれど、人間は変化する。これを理解するために、私がよくもち出すのがビデオ映画の例です。

たとえば同じビデオ映画を、二日間で十回見ることを強制されたとしましょう。一種類の映画を二日間にわたって、一日五回、続けて十回見る。そうすると、どんなことが起こるでしょうか。

一回目では画面はどんどん変わって、音楽もドラマティックに流れていく。映像は動いていると思うでしょう。二回目、三回目あたりは、一度目で見逃した、新しい発見がいろいろあるかもしれません。そして「もっと、こういうふうにしたら」と、見方も玄人《くろうと》っぽくなってきます。

しかし四回目、五回目になると、だんだん退屈になるシーンが増えてくる。六、七回目ではもう見続けるのが耐えがたい。「なぜ同じものを何度も見なきゃいけないんだ」と、怒る人も出てくるでしょう。

ここに至ってわかるはずです。映画はまったく変わらない。一回目から七回目まで、ずっと同じです。では、何が変わったのか。見ている本人です。人間は一回目、二回目から七回目まで、同じ状態で見ることはできません。

ここまで書けば、もうおわかりでしょう。情報と現実の人間との根本的な違いは、情報はいっさい変わらないけれど、人間はどんどん変わっていくということです。

しかし、人間がそうやって毎日、毎日変わっていくことに対して、現代人はあまり実感がもてません。今日は昨日の続きで、明日は今日の続きだと思っている。そういう感覚がどんどん強くなってくるのが、いわゆる情報社会なのです。

どうしてか。現代社会は、「a＝b」という「同じ」が世界を埋め尽くしている社会だからです。記号や情報は作った瞬間に止まってしまうのです。

テレビだろうが動画だろうが、映された時点で変わらないものになる。それを見ている人間は、本当は変わり続けています。でも、「自分が変わっていくという実感」をなかなかもつことができない。それは、私たちを取り囲む事物が、情報や記号で埋め尽くされているからです。

困ったことに、情報や記号は一見動いているように見えて、実際は動いていない。だから余計に、人間は自分の変化を感じ取りにくくなるのです。

言葉で伝えられない世界もある

私は「a=b」が埋め尽くす情報社会がゆきすぎると、人間が本来もっていたはずの一種の倫理観や美的な感覚が崩れてしまうのではないかと危惧しています。

文明社会では、本来、まったく価値の違うものでも同じとみなします。たとえば、学校の教室で子どもたちはほとんどの場合「同じもの」として扱われています。

世界で咲いている花は本来、どれもそこにあるたった一つの花なのに、『世界に一つだけの花』という歌が流行したのは、自分たちが社会でたった一つとして扱われていないことへの不満があるからではないでしょうか。

数学者の新井紀子さんが著書『AI vs. 教科書が読めない子どもたち』（東洋経済新報社）の中で、中学生に問題を解かせて読解力が落ちていることを取り上げていますが、その問題を見ていたら、子どもたちは答えることを拒否しているのではないかと感じました。

中学生は「a=b」は嫌だという感覚の延長線上で、提示された四つの選択肢から正解を選びたくなかったのではないでしょうか。私は、中学生が情報にうんざりして、感覚を取り戻そうとしているように思える。新井さんとは逆に、そこに希望を感じています。

ところが実際の世の中には、わけのわからないものが存在します。名前さえない、得体の知れない病気が突如として流行し始めます。やがて「新型コロナウイルス感染症」などと、とりあえず命名されたりするのです。

名前がつくことで、なんとなく安心してしまう。これも言葉の効果ですが、反面、危険なことでもあります。

たとえば、デジタルトランスフォーメーション（DX：ITによる変革）とかSDGs（持続可能な開発目標）とか言われて、実際は何も知らないのに、なんとなくわかったような気になってしまう。あるいは「それはフェイクニュースだ」と言うことで議論に勝った気になり、その先は何も考えない。考える道具として役立つ言葉が、思考停止の道具になってしまっています。

特に、近年はSNSなどによって、軽々しい言葉があふれかえるようになりました。言葉が豊かなほど、考える道具は多くなりますが、言葉だけに捉われていると、言葉で表されない大切なものを見逃してしまうことになりかねません。

私自身、言葉で伝えられない世界で学び、仕事をしていました。大学で携わっていた解剖学では何よりも実習が重要でした。

死体と直面する。しかも自分の手で触る。いまと違って、当時は手袋もしていません。素手で死体をいじるという行ないから得られる知見は、決して言葉ではすべては伝えられません。

身体を伴って理解する

解剖は派手な作業ではありません。ごく地味な手作業です。

私がいまも作り続けている虫の標本も手作業です。私が扱う虫は小さい。虫なら小さくて当たり前だと思うかもしれません。そうはいっても、カブトムシとノミではずいぶん大きさが違います。私が作っている標本は、ノミのサイズが普通だから、単純に昆虫針を虫に刺せばいいというものではないのです。

ではどうするか。白い厚紙を三角に切って、その先端に糊《のり》で虫を貼る。紙の先をわずかに曲げて接着面を作り、そこに虫の横腹を貼り付ける。そうすれば、小さい虫の背腹両面が観察できる標本となります。

大変面倒くさい作業ですが、こういう手作業を経ないと、本当の「学習」にはなりません。学習とは「身につく」こと、身体を伴ってわかることです。

脳には文武両道《ぶんぶりょうどう》があります。「文」とは、脳への入力です。本を読んでも、話を聞いても、人に会っても、森を散歩しても、脳へのさまざまな入力が生じます。脳はその入力情報を総合して出力をします。その出力が「武」です。入力だけでは、水を吸い込むだけのスポンジと同じです。出力だけでは、ひたすら動き回っている壊れたロボットになってしまいます。

脳への入力は五感です。目で見る、耳で聞く、手で触る、鼻で嗅ぐ、舌で味わうことが入力にあたります。対して出力は筋肉の運動だけなんです。普通の人はそれに気づきません。文武両道の武は、筋肉の動きです。骨格筋の収縮です。脳が外界に出力できるのは、筋肉の収縮だけ。出力は筋肉労働しかありません。だからこそ「体育」というものがあるんです。

身体の動きは、すべて脳から出ます。逆に言うなら、脳から出せるのは、身体の動きだけです。それはすべての筋肉を止めてみれば、イヤというほどわかります。

筋肉を止めたらまず呼吸が止まりますから、死んでしまいます。だからそこでは人工呼吸器を使います。それなら呼吸はできる。呼吸は機械がやってくれるけれど、何か言おうとしても、何も言えません。筋肉が動かないと、声が出ないのです。舌も動きません。じゃあ、手真似《てまね》身振りと思っても、手も足も動かない。むろん字は書けません。目配せもできない。頷《うなず》くこともできない。表情もない。なんにもできないじゃないですか。

「比例」がわかるということ

今度は子どものことを考えてみましょう。生まれてしばらくの赤ん坊が、寝床の上で、自分の手を動かして、その手をしげしげと見ています。これが脳からの出力です。そうすると、手の動きが「目に入る」。これは脳への入力です。それを見て、また手を動かす。そうすると、手の姿形が変わる。それがまた脳に入力される。それでまた手を動かして、と続く。これが脳の文武両道です。入力と出力が、ひたすら「回転」しているわけです。

どのように手を動かすと、どのように姿が変わるか。赤ん坊はそれを飽きもせず繰り返します。そうすると、脳の中には、入力と出力の関係方程式がひとりでにできてきます。

赤ん坊は次にハイハイを始めます。一歩動くと、目の前の椅子の脚が少し大きく見えます。もう一歩ハイハイすると、また大きくなる。いま見ている椅子、特定の椅子の脚がどう見えるか、それをいちいち覚えていたら、脳はアッという間にパンクします。この世にある椅子のすべてが、それぞれどこからどう見えるかを覚え込むことはできません。

では、どうなっているのか。一歩近づくと、見ている対象が大きくなる。それが脳にできてくる関係式です。関係式がわかれば、応用が利きます。

近づいたら、大きさが変わる。変わらないところは、どこでしょうか。相手が三角なら、角度は変わりません。近づけば大きな三角になり、遠ざかれば小さな三角になる。でも、同じ三角です。角度は変わりません。これを算数で習えば、「比例」になります。

わざわざ習わなくても、脳は比例を知っています。遠くにいたらネコだが、近くにいればトラだとは思いません。そんな脳の持ち主は、進化の過程で生じたとしても、すでにトラの餌《えさ》になっています。見える大きさは、距離で変わる。だから目にはモノサシはついていません。

算数の比例は、こうしてものを見ながら育ったおかげで、脳の中に「すでにできている」関係式を、意識が掘り起こしたものです。

聞くだけでは話せるようにならない

脳の中にできあがる関係式を「モデル」と呼ぶことにしましょう。モデルができると、運動をコントロールすることができます。モデルにもとづいて予測ができるようになるからです。

入力と出力の行ったり来たりというループの典型が言葉です。複雑な筋肉の運動から声が出て、それが自分の聴覚で捉えられます。その聞こえ方によって、ふたたび筋肉の動かし方を調整するのです。

繰り返しますが、これが「学習」の根本です。このことを忘れると、どうなるか。乳幼児に教育用の動画やビデオを見せるというおかしなことをするようになります。ハイハイもまだしない子どもに、ビデオを見せたって意味がありません。それは入力と出力の回転ではないからです。ビデオは脳への入力だけ。文だけ、知だけです。それでは出力が伴わないので、脳の中に関係方程式ができあがりません。

障害児の教育では、このことがしっかりと認識されてきました。だから身体が動かない状況をいまでは放置しません。障害があって、身体がうまく動かなくても、大人がなんとか手伝って、無理矢理にでも動かそうとします。そうすると、脳の中に方程式ができてきます。少しでも自分で移動すれば、入出力が回り出すのです。

言葉の習得、外国語の習得にも同じことが言えます。「聞いているだけ」では、絶対に話せるようにはなりません。そんなことは当たり前です。話す練習をしなければ、外国語を習得することはできません。

知るとは自分が変わること

私が大学に入学する頃、世間には大学に入るとバカになるという「常識」がありました。こうしたことを言うのは、世間で身体を使って働いている人たちでした。そうした発言の真の意味は、いまではまったくわからなくなってしまったと思います。座って本を読んでいると、生きた世間で働くのが下手になってしまう。これはそういう意味だったはずです。こうした記憶があるから、私はいまでも身体を多少でも動かすのです。

座って机の前で学べることもたしかにあります。しかし応用が利くことは「身についた」ことでしかあり得ません。

日本の教養教育がダメになったのも「身につく」ことをしなくなったからでしょう。私が東京大学出版会の理事長をしていた時、一番売れたのが『知の技法』という本です。知を得るのにあたかも一定のマニュアルがあるかのようなものが、東大の教養学部の教科書で出て、ベストセラーになりました。

この本はなぜ売れたのか。知が技法に変わったからです。技法というのはノウハウです。どういうふうに知識を手に入れるか、それをどう利用するかというノウハウに、知というものは変わってしまった。

しかし、教養はまさに身につくもので、技法を勉強しても教養にはなりません。ただ勉強家になるだけです。それを昔は「畳が腐るほど勉強する」と言いました。それでは運動をコントロールするモデルは脳の中にできあがりません。

知識が増えても、行動に影響がなければ、それは現実にはならないのです。江戸時代には陽明学というのがありました。当時の官学は朱子学で、湯島聖堂がその本拠地です。

林大学頭《はやしだいがくのかみ》という東京大学総長のような先生がいて、畳の上に座って、先生の講釈を聞く。朱子学にはそんなイメージがあります。

陽明学はそれとは違います。知行合一《ちこうごういつ》を主張する。知ることと、行なうことは一つだ、一つでなければいけない。ここで言う知は文であり、行は武のことですから、文武両道と知行合一は同じことを言っています。

一般に、知ることは知識を増やすことだと考えられています。だから「武」や

「行」、つまり運動が忘れられてしまう。

知ることの本質について、私はよく学生に、「自分ががんの告知をされたときのことを考えてみなさい」と言っていました。「あなたがんですよ」と言われるのも、本人にしてみれば知ることです。「あなた、がんですよ。せいぜい保《も》って半年です」と言われたら、どうなるか。

宣告され、それを納得した瞬間から、自分が変わります。世界がそれまでとは違って見えます。でも世界が変わったのではなく、見ている自分が変わったんです。つまり、知るとは、自分が変わることなのです。

自分が変わるとはどういうことでしょうか。それ以前の自分が部分的に死んで、生まれ変わっていることです。

学ぶとは自分の見方が変わること

『論語』の「朝《あした》に道を聞かば夕べに死すとも可なり」という言葉があります。朝学問をすれば、夜になって死んでもいい。学問とはそれほどにありがたいものだ。普通はそう解釈されています。でも現代人には、ピンとこないでしょう。朝学問をして、その日の夜に死んじゃったら、何の役にも立ちませんから。

私の解釈は違います。学問をするとは、目からウロコが落ちること、自分の見方がガラッと変わることです。自分がガラッと変わると、どうなるか。それまでの自分は、いったい何を考えていたんだと思うようになります。

前の自分がいなくなる、たとえて言えば「死ぬ」わけです。わかりやすいたとえは、恋が冷めたときです。なんであんな女に、あんな男に、死ぬほど一生懸命になったんだろうか。いまはそう思う。実は一生懸命だった自分と、いまの自分は「違う人」なんです。一生懸命だった自分は、「もう死んで、いない」んです。

人間が変わったら、前の自分は死んで、新しい自分が生まれていると言っていいでしょう。それを繰り返すのが学問です。ある朝学問をして、自分がまたガラッと変わって、違う人になった。それ以前の自分は、いわば死んだことになります。それなら、夜になって本当に死んだからって、いまさら何を驚くことがあるだろうか。『論語』の一節は、そういう反語表現だというのが私の解釈です。正しいかどうかはわかりません。

確固とした自分があると思い込んでいるいまの人は、この感じがわからない。むしろ変わることはマイナスだと思っています。私は私で、変わらないはず。だから変わりたくないのです。それでは、知ることはできません。

でも、先に書いたように、人間はいやおうなく変わっていきます。どう変わるかなんてわからない。変われば、大切なものも違ってきます。だから、人生の何割かは空白にして、偶然を受け入れられるようにしておかないといけません。後述しますが、人生は、「ああすれば、こうなる」というわけにはいきません。

都市化が進み、自然は「ない」ことにされた

現代の人たちは、偶然を受け入れることが難しくなっています。なぜか。都市化が進んできたからです。私の言葉で言えば「脳化」です。

戦後日本の特徴を一言で言えば、都市化に尽きます。戦後の日本社会に起こったことは、本質的にはそれだけだと言ってもいいくらいです。都会の人々は自然を「ない」ことにしています。

木や草が生えていても、建物のない空間を見ると、都会の人は「空き地がある」と言うでしょう。人間が利用しない限り、それは空き地だという感覚です。

空き地って「空いている」ということです。ところがそこには木が生えて、鳥がいて、虫がいて、モグラもいるかもしれない。生き物がいるのだから、空っぽなんてことはありません。それでも都会の人にとっては、そこは「空き地」でしかないのです。

それなら、木も鳥も虫もモグラも、「いない」のと同じです。なにしろ空き地、空っぽなんですから。要するに木が生えている場所は、空き地に見える。そうすると、

木のようなものは「ないこと」になってしまうわけです。

なぜ自然がないことになるのかというと、空き地の木には社会的・経済的価値がないからです。都会で「ある」のは、売り買いできるものです。売れないものは、現実に「ない」も同然。だから「空き地」と言われるのです。

岡山県の小さな古い神社で、宮司さんが社殿を建て直したいと思いました。その宮司さんが何をしたかというと、境内に生えている樹齢八百年のケヤキを切って売った。その金で社殿を建て直しました。八百年のケヤキを保たせておけば、二千年のケヤキになるかもしれません。大勢の人がそれを眺めて心を癒すことでしょう。でも、それを売ったお金で建てた社殿は、千年はぜったいに保ちません。これがいまの世の中です。

社会的・経済的価値のある・なしは、現実と深く関わっています。いまの社会では、自然そのものに価値はありません。観光業では自然を大切にしていると言いますが、それはお金になるからです。お金にならない限り価値がないということは、それ自体には価値がないということです。なぜ価値がないかというと、多くの人にとって、自然が現実ではないからです。現実ではないものに、私たちが左右されることはありません。つまり、現実ではない自然は、行動に影響を与えないのです。

不動産業者にとっても、財務省のお役人にとっても、地面に生えている木なんて、切ってしまうだけのものです。誰かに切らせて、更地にする。どうして切るかというと、本来「ない」はずのものだからです。

そこに木が生えているから、家の建て方を変えよう。川や森があるから、町のつくり方を工夫しよう。そう思うなら、木や川、森はあなたにとって現実です。でも、更地にする人にとっては、木は「現実ではない」。現実ではないのですが、実際には生えていますから、邪魔物扱いをして切ってしまう。まさしく木を「消す」のです。

頭の中から消し、実際に切ってしまって、現実からも消すのです。不動産業者もお役人も、自分が扱っているのは「土地そのもの」だと思っている。土地なんですから、更地に決まってるじゃないですか。まして地面の下に棲んでるモグラや、葉っぱについている虫なんて、まったく無視されます。「現実ではない」からです。

早く大人になれと言われる子どもたち

こういう世界で、子どもにまともに価値が置かれるはずがありません。子どもの先行きなど、誰もわからないからです。子どもにどれだけの元手をかけたらいいかなんて計算できません。さんざんお金をかけても、ドラ息子になるかもしれない。現代社会では、そういう先が読めないものには、利口な人は投資しません。だから、自然と同じように、子どももいなくなるのです。

いや、子どもはいるじゃないか。たしかに、子どもはいます。しかし、それは空き地の木があるのと同じです。いるにはいるけれど、子どもそれ自体には価値がない。現実ではないもの、つまり社会的・経済的価値がわからないものに、価値のつけようはないのです。

木を消すのと同じ感覚で、いまの子どもは、早く大人になれと言われています。都市は大人がつくる世界です。都市の中にさっさと入れ。そうすれば、子どもはいなくなりますから。

都会人にとっては、幼児期とは「やむを得ないもの」です。はっきり言えば、必要悪になっています。子どもがいきなり大人になれるわけがない。でも、いきなり大人になってくれたら便利だろう。都会の親は、どこかでそう思っているふしがある。ところが田畑を耕して、種を蒔いている田舎の生活から考えたら、子どもがいるというのは、あまりにも当たり前のことです。人間の種を蒔いて、ちゃんと世話して育てる。育つまで「手入れ」をする。稲やキュウリと同じで、それで当たり前です。そういう社会では、子育てと仕事との間に原理的な矛盾がないわけです。具体的にやることも同じです。「ああすれば、こうなる」ではなく、あくまで「手入れ」です。

子育てや自然は「どうなるかわからない」もの

それに対して、会社のような組織の中で働くと、仕事には、「手入れ」とは違った合理性が徹底的に要求されます。その合理性を私は「ああすれば、こうなる」と表現します。

なぜそんなバカなことをしたのか。結果の出る仕組みを作れと言っただろう。都会の人は上役からそう叱られます。頭の中できちんとシミュレーションをして、望ましい結果になるように、自分の行動もビジネスも設計しなければならない。それを絶えずやらされるのが会社の仕事です。

子育てはそうはいきません。「ああすれば、こうなる」どころか、しばしば「どうしたらいいか、わからない」の連続です。自然とはもともと、「どうなるかわからない」ものです。子どもは車でもコンピュータでもありません。部品を組み立てれば、思い通りに動くわけじゃない。先々どうなるのか、親だってわからないのです。

人間が相手にする対象が、都会と地方ではまったく違います。意識的に作られたものであれば、都市的合理性、つまり「ああすれば、こうなる」でとことん押していけます。自動車が動かなければ、ガソリン切れか、さもなければ必ずどこかが壊れています。どこが壊れているか、専門家が調べれば必ずわかる。どこも壊れていないのに動かない自動車は存在しません。

都会には人間の作ったものしかありません。人間の作ったものには設計図があります。子どもは違います。うちの子がなんだか変だと言っても、設計図がもともとないので、どこがおかしいのか、はっきりとわかるものではありません。

その意味で、子どもは不合理な存在です。都会には不合理な存在を相手にしたくない人が大勢います。子どもをもう産みたくない。子どもを持ってもしょうがない。それが少子化です。

空き地の樹木を育てるより、もっと確実に儲かる話があるんじゃないか。こうやったら立派な木に育つんじゃないかというふうなことについては、考えたくない。そのくらいなら、きちんと計算できて結果が出ることをやりたい。学校秀才の世界です。地方でも学校秀才が増えれば、自然がなくなり、子どももいなくなります。ですから、少子化と地方の過疎化は同じ現象です。現に都市には人が大勢います。日本中が都市化した結果です。

シミュレーションをやって、その結果作った宇宙船がちゃんと飛ぶ。そういうことに都会人は感心します。日々手入れをして、作物をちゃんと育てる。そのつもりが冷害で、収穫がなかった。そんなことは、したがりません。あんなことして、バカだなあと思っています。

シミュレーションができない状況になると、都会の人は「どうすればいいんだ」と必ず訊きます。この質問が出ること自体、「ああすれば、こうなる」が前提になっています。そこで「シミュレーションができないんだよ」とまた言うと、「じゃあ、どうすりゃいいんだ」とまた訊いてきます。

知るとは、自分が変わることだと言いました。どう変わるかのシミュレーションなんてできるはずがありません。だから、「ああすれば、こうなる」が前提の都会では知ることが難しくなるのです。

第二章

「自分がわかる」のウソ

脳から考える「わかる」ということ

「ものがわかるとはどういうことでしょうか？」

沼口さんのこの質問から話が始まったわけですが、おそらく沼口さんの質問の真意は、

「脳から考えると、わかるとはどういうことなのでしょうか」

というものだと思います。近年は脳科学が進歩して、いろいろなことが脳という側面から論じられるようになりました。いわゆる科学的な説明です。

「ヤカンのお湯が沸きました」

というのは、化学的にはどういう説明になるでしょうか。

「二リットルほどのH_2Oがほぼ摂氏一〇〇度になりました」

この種の説明を聞くなら、聞く人は化学の常識をある程度もっていないとわからないでしょう。もっていれば、世界は急に広がります。

脳について言うなら、脳は中枢神経系と呼ばれ、ニューロンと呼ばれる数千億の神経細胞と、それを補助するグリア細胞からなり、神経細胞同士はシナプスという構造で互いに連結し合っており、シナプスには興奮性と抑制性があって、というふうに延々と話が続きます。当然聞く側は話をもっと短くしてくださいと言うが、残念なことにこれは短くなりません。

一方、化学によれば、雲も霧も蒸気もミネラルウォーターも、同じH_2Oです。それが「わかって」いれば、世界のことがよりよくわかります。なぜ海の水から雲ができてくるのか、それも「わかる」かもしれませんね。

頭の中のさまざまな世界

ここで前章の

2a－a＝2

に戻りましょう。

2aからaを「とったら」、残りは2ではないか。こう考えた子はまだ日常言語の世界に住んでいます。本人も周囲もそんな気はないかもしれないけれど、子どもはまず日常言語の世界で育ちます。ふだん普通に使っている言葉の世界ですね。普通に日常を生きていくには、それで十分なのです。

でも数学の世界は数学の世界であって、日常言語の世界ではありません。だからaや方程式のxが出てくるけれど、これは言葉ではないのです。数学の世界で使う記号なのです。英語の世界なら日本語の世界と違うということはすぐにわかりますが、日常言語の世界と数学の世界も違います。思い切って日常言語の世界から出て、数学の世界に飛び込むのが数学を学ぶことで、これは一種の冒険なのです。慣れ親しんだ世界から、見たこともない世界に入っていくからです。

文字式が出てくる中学校の数学は、小学校の算数とは世界が違います。そこであくまでも日常言語の世界を離れようとしない子どもは数学が「わかるように」なりません。だから、2a－a＝2になってしまいます。これは国語つまり日常言語の世界としては正しいかもしれませんが、まだ数学の世界に入っていないという意味で、ダメあるいは間違いなのです。

現代は言葉の時代で、私が子どもだった頃に比べたら、現代の子どもたちは言葉の達人に近いように思えます。十分に言葉の世界に慣れ親しんでいるのです。私の育った時代と比較して、はるかに日常言語の世界に習熟している、あるいはその世界にはまってしまっているということになります。だから以前に比べて、日常を離れて、数学の世界に飛び込みにくいのかもしれないと思うんです。

高校くらいになると、理系と文系を分けることがよくあります。万事を日常言語の世界で済ませたいと思う人は、文系に向いていて、そこから出ることに抵抗のない人は理系に向いている、と言うことができるかもしれません。

なぜ日常言語の世界を離れなくちゃならないんだ。そこがわからないと、勉強は進みませんね。化学や脳の例も同じです。

実は日常言語の世界は、たくさんの間違いを含んでいます。それは物理学のような自然科学の始まりを考えたら、わかります。同じ大きさの重い球と軽い球を同時に落としたら、重い球のほうが先に地面に着く。日常言語の世界で漠然と考えていれば、重いほうが先だろうという気がするわけです。ガリレオはそれをピサの斜塔の上から、実際にやってみたわけです。そうしたら、重かろうが、軽かろうが、同時に地面に落ちた。

日常言語の世界は、特にモノを相手にするときは、かなり怪しいのです。間違いが多くなります。だからガリレオは、言葉の世界でなく、目で見てわかる世界に話を戻したわけです。実際に確かめるというのはそういうことです。球が落ちるのを目で「見た」わけです。実際に体験する、だから「実験」と言うのです。

体験して「わかる」こと、頭の中だけで「わかる」こと

学問の分野では、それぞれ日常言語の世界とは違う世界観がつくられています。ここで言う世界とは、頭の中の世界です。その世界はいくつもあって、慣れてくれば、頭の中で、そうした世界を自由に行き来できます。

べつにそんな世界に入りたくもない。それが「勉強なんか、したくない」の意味ですね。ともあれ、一度くらいは日常言語の世界を離れてみるのも、面白いじゃないか。そう思ってください。頭の中で、旅行をしてみる。頭の中ですから、費用がかからない。いくら旅行をしても、貯金は減らない。身体も疲れない。

実はここはとても大切なところです。実際に旅行をすると、身体を使います。頭の中の旅行では、身体の使いようがない。せいぜい指先でググる程度です。実際の旅行で「わかる」ことと、頭の中だけで「わかる」ことには、大きな違いがあります。よくわかるとか、深くわかるというときには、「納得する」と言います。古くは「腑《ふ》に落ちる」なんて言いました。腑は五臓六腑の腑ですね。「腹の底からわかる」のが納

得です。そこには身体が含まれています。身体の含まれたわかり方、これは頭の中の旅行ではありません。

よく「具体的に説明してください」なんて言います。前に出した例で説明しましょう。

4a−a＝?

です。aはなんでもいいんですから、仮にリンゴだとしましょう。リンゴが四個ある。そこから一個引いたら、残りは三個です。この説明では、目の前にリンゴがあります。それを「見ている」ことにしてあるので、目を使っています。つまり身体を使っているわけです。身体を含めると、抽象的な数学が具体的になります。「わかりやすく」なるわけです。

私は大学で長いこと解剖学を教えていました。解剖を頭の中で学ぶのは難しい。手を動かすには、これだけの筋肉を使います。そう説明して、筋肉の名前を並べていったら、学生は何が何だかわからないでしょう。だから実際に解剖をして、我々が単純に「手」と言っている存在が、ずいぶんややこしい構造だと確認してもらいます。それぞれの筋肉が骨のどこから始まって、どこで終わっているのか。その筋肉が収縮すると何が起こるだろうか。それを考えてもらいます。

私が学生だった頃に、整形外科の教授の診察を見たことがあります。教授は筋肉のリストを持っていて、患者さんにいろいろなふうに手を動かすように言っていました。それを見ながら、リストの筋肉それぞれに、＋印をいくつか、つけていました。筋肉がちゃんと動いていれば、３＋とか、不十分なら１＋とかです。ピンとこないかもしれませんが、これは解剖が本当によくわかっていないとできないことです。

私はその後に解剖の「専門家」になりましたが、整形外科のあの先生のようにはなれませんでした。だからいまでもあの先生は偉かったなあ、と思っています。

「わかる」の基礎になる学び方

私は小学生の頃から昆虫採集をしていました。虫捕り網を振り回して、チョウを採ったり、トンボを採ったりしました。

ある時、同じように子どもの頃からチョウを採っている人の話を聞いたことがあります。向こうからまっすぐに自分のほうにチョウが飛んできたときに、どう網を振るのか、という問題です。その人は自分に向かってチョウが飛んできたら、まず一度網を振って、空振りをするそうです。おどろいたチョウはパッと横に逃げますが、すぐに元のコースに戻ろうとします。そこでもう一度網を振って、つまり網を返してチョウを網に入れる、というのです。

こうなると、いわゆる「達人」の域ですが、単にチョウの採り方といっても、それが本当に「わかる」までには、ずいぶんと場数を踏まなければならないことがわかると思います。これが身体を介してわかることです。

経験から学ぶのは、大変です。時間がかかるからです。チョウの採り方にしても、あのときはこうした、次にはこうやったと、いちいち覚えていられませんね。でもそうした経験を積むと、いつの間にか脳の中には毎回の試行に共通する規則がひとりでに生まれてきます。

脳はその意味でよくできていて、毎回の試行をいちいち覚えるということはしません。そんなことをしたら、頭がパンクしてしまいます。そうではなくて、数ある試行を繰り返すと、そこに共通する規則を勝手に見つけてくれます。そうなったら、具体的な例はもう忘れていいわけです。

前章でも触れましたが、たとえば生まれてしばらく経つと、赤ちゃんはハイハイを始めます。少し動くと、目の前にあるものが大きくなります。大きくなって少し形が変わるかもしれません。でも赤ちゃんはその都度の形なんか、覚えません。自分と対象の距離が遠ければ、モノは小さく見えます。近ければ大きく見えるわけです。

そういうときに変わらない形は何か。これは算数で習う比例ですね。比例は学校で教わり、頭で考えるものだ、なんて思ってませんか。たぶんそうではなくて、身体を動かして、周囲を見ていれば、ひとりでに脳の中に生じてくる規則なんですよ。近くにいればネコだけど、遠くに行ってもネコはネコで、トラはトラです。遠くにいるトラをネコだと思ったのでは、トラに襲われてしまいますね。

こうして私たちは世界の中で行動することで、頭の中にさまざまな規則をつくり出します。先祖代々、そうして無事に生き延びてきたんですね。「学ぶ」というのは、椅子に腰かけて、教科書を読んだり、先生の話を聞くことだけじゃありません。学ぶことは、「わかる」の基礎です。

日常言語の世界は慣れているし、住みやすい。なぜそこから出る、なんてことをしなけりゃならないんだ。そう思う人もいるかもしれません。実は日常の世界はたくさんの間違いを含んでいます。

特にモノの世界に関しては、日常言語の世界は大きく間違うことがあります。家の近所で暮らしていれば、大地は平坦で、動かない。だから安心だ、と思うこともできます。でも人工衛星から見たら、地球は丸いじゃないですか。物理学のつくる世界の姿は、日常言語の世界からの想像とはまったく違っています。

日常言語の世界は、人間同士が意思を伝え合ったり、必要なことを教え合ったりするために発達してきました。だから相手がヒトではないとき、つまりモノを相手にするのは苦手なんですよ。中世までの西欧社会は、自然は聖書に書かれたような世界だと理解されていたのです。だから大地が中心で、太陽が動くという天動説だったわけです。聖書は文字で書かれていますから、日常言語の世界ですね。

人は言語、通貨などシンボルを共有する

前章で書いたように、現生人類であるホモ・サピエンスの脳は、シンボルや記号を操作する能力を発達させてきました。シンボルとは、それ自体では用途がわからないもののことです。たとえば、約四万五千年前の欧州の遺跡から、マンモスの歯を削って円盤状とし、よく磨いたものが見つかっています。いくら昔の人には暇があったとはいえ、マンモスの歯はとても硬いのですから、それを削ったり磨いたりするには、想像を絶する時間がかかったでしょう。

では、これは何の用途かというと、よくわかりません。きっと何かのシンボルとして作ったわけです。原人や旧人類など、それ以前の人類は、もっと「よくわかる」ものしか作りませんでした。現生人類以前の人々の遺跡から発掘されるのは、ナイフや斧《おの》のようなものです。これらは、それ自体の形から用途が推測できますからシンボルではありません。

シンボルの典型は言語ですが、それ以外にも私たちはさまざまなシンボルを使って

います。お守りやアクセサリーには、ナイフのような具体的な用途はありません。犬や猫がお守りやアクセサリーを見たって、それがお守りだとか、アクセサリーだとかはわからない。碁・将棋・麻雀・ゴルフ・野球などの道具も、そのゲームの規則を知らないと、その意味はわかりません。

もちろん言葉もそうです。樹木を音声で「キ」と表現しても、「日本語という脳内の規則」を知らない人にとっては、それが何を意味するかわかりません。

言語がそうであるように、こういったシンボルの体系は、特定のヒト集団に共有されます。それが共同体です。

共同体は、言語、婚礼や埋葬その他の社会的儀礼、通貨などを共有します。それが、シンボルとシンボルの体系を共有するということです。こういった集団でシンボル体系を共有することを「共通了解」と呼ぶことにしましょう。

さて、このシンボル体系には、一定の論理が備わるようになります。「ヒトは死ぬ。太郎はヒトである。よって太郎は死ぬ」という三段論法は、言語に備わっている論理です。こうした論理を使うと、「論理的に」他人を説得することができます。論理や数学は、いやが応でも結論を認めざるを得ません。これを「強制了解」と呼びましょう。

論理を用いた強制了解は、さらに進んで、証拠を集めるという形をとるようになります。観察や実験でこうなっているんだから正しい。これが自然科学です。証拠によって明らかにすることを「実証」と言います。大勢の人が、自然科学を絶対的な真理のように思うのは、「実証的強制了解」の力が働いているからです。

こうして見ると、文明はまず言語などのシンボルによる共通了解に始まり、それから論理・哲学・数学による強制了解、さらに自然科学による実証的強制了解へと進んできたと言えるでしょう。

変化する自分を、脳はうまく扱えない

できるだけ多くの人に共通の了解事項を広げてきたのが文明だとすれば、それを了解しない人間は徹底して排除されていくはずです。

ところがおかしなことに、現代では、自己主張や個性を伸ばすことが大切だとよく言われます。なぜ、おかしいのか。行列のできている店に並ばずに入っていったら、間違いなくつまみ出されるでしょう。お葬式で爆笑していても同じです。どちらも自己主張や個性を見事に発揮していますが、共通了解とはかけ離れていますから、周囲の人間にとっては迷惑千万。ひどい場合には警察に通報されるでしょう。

いったいこれはどういうことなのか。ここで「自己」「自分」という問題を考えてみましょう。

前章で、情報は動かないが、人間は変化することを説明しました。共通了解や強制了解は情報ですから、動きません。お守りの意味が昨日と今日で変わったら困ります。

一方、人間は変化するのですから、当然自分も変化します。しかし、刻一刻と変化

する自分というものを、脳はうまく扱えません。そこで脳は、自分というものを無理やり固定しようとします。

個人の名前がその典型です。私たちは、苗字は変わることはあっても、名前は一生同じです。私はお宮参りのときの自分の写真を持っていますが、八十歳を過ぎた私と同じ人間とはとても思えません。にもかかわらず、名前は同じです。

人に名前をつけるのは、そうしなければ社会の中で自己を扱えないからです。その意味で名前とは、固定した自己と言えるでしょう。

さらに自己を固定するとどうなるか。それが身分制度です。日本では、江戸時代のいわゆる封建制度が典型です。人の身分を固定することは、名前の延長として理解できます。現代人は封建的と言うと遅れた制度とみなしますが、それは「自己」を固定する脳の工夫と見ることもできるのです。

西洋と日本で違う自己の考え方

しかし明治の時代になって、日本とまったく異なる自己の考え方が入ってきました。

西洋の自己は、そもそも自己は固定していると考えます。

その考えのもとには、肉体は自己ではないという思い込みがあります。イギリスの哲学者ジョン・ロックは『人間知性論』(岩波文庫)という本で、こんなことを言っています。

「たとえ指を切り落としたとしても、自己が減ることはない。肉体は自己ではないからだ」

指では自己は減らないかもしれませんが、首ならどうなんでしょうか。話をもう少し細かく具体化して、脳のほんの一部を「切り落とした」らどうなるか。それでもロックは、「自己は減ることはない」と断言できるでしょうか。

なにも私は、現代科学の立場からロックの意見を裁いているわけではありません。

たとえロックと同じ時代に生きていたとしても、「ロックさん、そりゃ言いすぎだよ」

と言うと思います。私は「自己は指とは違うもの」と考えないからです。それはおそらく私が日本人であることと関係しています。日本人は心と身体がきっぱり分かれるという発想をしません。身体だって自己の一部ですから、指も自己の一部です。

しかしロックは、自己は身体を含まないと考えます。ロックだけではありません。西欧文明では、かなり前から「自分は身体ではない、身体は自分ではない」と思ってきました。

なぜでしょうか。西洋はキリスト教世界で、キリスト教では霊魂不滅だからです。霊魂は身体ではなく、身体は霊魂ではない。身体は霊魂の仮の住まいなのです。

霊魂が不滅でないと、神様は最後の審判ができません。神様も困るはずです。それなら「永遠に変わらないものとしての魂」がなければなりません。だから「変わらない私」「自己同一性」が暗黙の前提とされているわけです。

こうした思考の枠組みは、キリスト教だけではなく、イスラム教、ユダヤ教にも共通しています。現代人が宗教なんて本音では信じていないとしても、こうした文化的な伝統は簡単には変えられません。西洋の「近代的自我」というのは、中世以来の「不滅の霊魂」を近代的・理性的に言い換えたものでしょう。

こうした西洋人の捉える自己は、かつての日本人が捉えてきた自己とは全然違います。

それは言葉を見ればわかります。

関西では相手のことを「自分」と言います。ここからわかるのは自分と相手を同一と見ているということです。

関西に限った話ではありません。時代劇などで江戸の商人が自分のことを「手前《てまえ》」などと言うのを見たことがあるでしょう。ところが下町でケンカが起これば「てめえ(手前)、このやろう」とも言う。商人の「手前」は自分のことであり、ケンカのときの「手前」は相手のことです。

どうして日本語ではそんなことが可能なのか。おそらくいちいち意識しなくても、あるいは言葉にしなくても、自分というものはいるのだと確信をもっているからです。逆に言えば、自分と相手を無意識の段階で区別していれば、そのときの都合で表現は変えても構わないということです。いちいち「自分は自分である」「俺は俺である」ということを言葉で明確にしなくてもいい。区別がはっきりしているからこそ、言葉は問題にならないのです。

この感覚はおそらく西洋人には通じません。彼らにとっては、意識的な自己だけが自己です。だからいかなるときも主語または「私」が言葉として出てきます。日本語の文章や会話ではいちいち「私は食事をします」と主語を入れたりはしません。「食べます」で済みます。しかし、英語では必ず「I eat」と主語を入れるのです。

近代的自我が侵入したことで

明治になってある日突然、俺もお前も一緒くたの世界に、意識的な自己が侵入してきました。当時はなんでも欧米を見習えという時代だから、それはそれで仕方がないことでした。

しかし、もともと日本にはそういう自己はなかったのですから、その後、さまざまな厄介な問題を引き起こすことになります。

日本と西洋を比較して、「日本人には自我がない」「個の確立が重要だ」「自分の意見をはっきり言えるように」「個性を伸ばせ」といった主張を聞いたことがあるでしょう。その発端は、明治に近代的な自我が侵入してきたことにあるのです。

日本独特と言われる「私小説」も、近代的自我の侵入によって生じたものに違いありません。「独立した自我」なんて言われても、普通の人はよくわからない。わからないから、自分が毎日することを懇切丁寧に記録し、それが私小説になりました。だってそれ以外に、自分を吟味する仕方なんてわかりませんから。

当初、近代的自我なんて日本の世間には必要ありませんから、それを問題にするのは、インテリに限られていました。たとえばイギリスに留学した夏目漱石は、近代的自我をよく知っていました。だから「私の個人主義」なんて講演をしているんです。

しかし漱石は個人主義を推奨し、近代的自我を導入せよと主張したのではありません。彼は同時に明治人として、世間というものを大変よく知っていました。だから西洋風の個人と、世間との対立を身をもって感じ、どうすればいいか、どう考えればいいか、大いに悩みます。胃潰瘍になったのも、それが原因の一つでしょう。

漱石や森鷗外など、近代の文学者の作品の中には、近代的自我の問題が見え隠れしています。しかしその漱石が、晩年にはなんと「則天去私《そくてんきょし》」と述べました。天に則って、私を去る。この「私」とは近代的自我のことだと思います。近代知識人としての漱石といえども、最後は「私を去った」のです。

ところがどこでねじ曲がってしまったのか、第二次世界大戦では無私ならぬ滅私奉公、一億玉砕の世界になってしまった。「滅私」とは「私を滅ぼせ」ということです。結果は敗戦。それで滅私の世界が滅し、新しい憲法が成立しました。そこから西洋的な自己も大手を振って歩くようになったわけです。

人間自体が情報になった

「自分に適した仕事」「自分探し」と言うような人は、どこかで西洋的な「私」を取り入れているのでしょう。自分は自分で変わらない。だからその自分に合った仕事がある。変わらない自分を発見することが大切だ。そう思い込んでいるのです。

一九一〇年代に、フランツ・カフカという小説家が『変身』という変な小説を書きました。主人公のグレゴール・ザムザは、普通の勤め人です。いまのサラリーマンと思えばいいでしょう。そのザムザが朝起きてみると、自分が等身大の大きな虫に変わっている。

そのとき、ザムザ本人はどう思っているか。相変わらず自分はグレゴール・ザムザだと思っています。何がそう主張するんでしょうか。意識です。虫になっても、「私は私である」という意識は変わらない。不思議なことです。

朝目が覚めると、ああ、俺は俺だ、と思う。今日は昨日の続きである。それは意識が戻ったということです。意識は寝るととりあえず消えますが、朝になると戻る。その都度私たちは、私は私だと確認する。もちろんそこの確認自体はほとんど無意識になされます。意識は勝手になくなって、勝手に戻ってくるんです。

カフカはちゃんとわかっていました。当時の社会の常識を延長していけば、自分の身体が虫になったって、意識は私は私だと主張するだろう、と。いまはカフカの言う通りになりました。それが私たちの現代社会、情報化社会です。

なぜ情報化社会と言うんでしょうか。ほとんどの人はこう考えます。コンピュータが普及して、テレビやパソコンのない家はなくなって、誰でもスマホやケータイを持っていて、毎日おびただしい情報が流れるからと。

私は情報化社会という言葉を、違った意味で使います。人間自体が情報になったのです。情報化したのは人間です。前章でも情報は「変わらない」と書きました。「同じ私」とは、変わらない私です。変わらない私とは、情報としての私です。

死ぬことを理解できない現代人

情報化社会では、情報と人間がひっくり返しに錯覚されるようになりました。自分は名前つまり情報ですから、いつも「同じ」です。

自分が情報になり、変わらなくなると、死ぬことがおかしなことに感じられます。死ぬとは、自分が変わるということです。同じ私、変わらない私があるなら、死ぬのはたしかに変です。だから現代人は死ぬことが理解できなくなりました。

仏教で生老病死《しょうろうびょうし》のことを「四苦」と言います。四苦は、人の一生が変化の連続だということを示しています。それがすべて「変なこと」になってしまいました。それと同時に、教育が何をすることなのか、わからなくなってしまった。変わらない自分が素晴らしいとなるのだから、当然です。

人が変わらなくなった社会で、一番苦労するのは子どもです。なぜか。子どもとは一番速やかに変化する人たちだからです。育つ、つまり変わっていくこと自体が、言ってみれば、子どもの目的みたいなものです。

ところが情報化社会になると、情報はカチンカチンに固まって止まっていて、子どもまで固めてしまう。その延長で、個性を伸ばせとか、自分を探せとか言われてしまう。そんな自分なんてあるわけありません。だって探している当の自分がどんどん変わっていくんですから。

じゃあ、個性って何なのか。個性を伸ばす教育とはどういうことでしょう。

誰だって、あなたを他人と間違えません。そそっかしい人なら別ですが。どうして間違えないかというと、顔が違う、立ち居振る舞いが違う、つまり身体が違うからです。

どのくらい身体が違うかというと、たとえばあなたの皮膚を取って、親に移植したと思ってください。つきません。逆に親の皮膚をもらって、自分につけてもらっても、やっぱりつきません。移植した皮膚は間もなく死んで、落ちてしまいます。誰も教えたわけではないのに、身体は自分と他人を、たとえ親であっても、区別しています。それが個性です。そこまではっきり区別するもの、親子ですら通じ合えないもの、それこそが個性です。

だから個性とは、実は身体そのものです。でも普通は、個性とは心だと思われています。ここに大きな誤解があります。

心は共通性をもっている

心とは共通性そのものです。こう言うと、多くの人がポカンとします。心は自分だけのものだと思っているからです。

でも、心に共通性がなかったら、「共通了解」は成り立ちません。私とあなたで、日本語が共通していますか。共通しているから、「お昼を食べよう」と私が話せば、あなたがそれを理解します。話して通じなかったら、話す意味がありません。通じるということは、考えが「共通する」ということです。

ということは、心は共通性をもたないと、まったく意味がないことになります。感情だって同じです。自分の悲しみを伝えても通じなかったら、とても寂しくなります。自分が悲しいときに、友だちも悲しがってくれる。自分がうれしいときに、友だちもうれしがってくれる。これが「共感」です。感情も共通性を求めるのです。

私の個性は私だけの考え、私だけの感情、私だけの思いにある。ここに大きな誤解があります。心に個性はありません。他人に理解できないことを理解し、感じられないことを感じている人がいたら、それは病気です。私の考えを説明して、それがわかってもらえたら、それは私の考えだけじゃなくなるんです。だから心は共通です。

じゃあ、個性とは何か。個性とは身体です。身体は個性だっていうのは、大谷翔平選手を見れば、すぐわかる。大谷選手の身体を真似することはできませんから。

数学の問題だったら、先生に解き方を教わって、いったん解き方を覚えたら、同じように解くことができます。それが前に書いた「強制了解」です。正解はいつも「同じ」になります。

脳はどうかと言えば、脳自体は身体ですから、個性があります。ところがその脳のはたらき、特に心と呼ばれるはたらき、要するに意識のはたらきは、共通でなければどうにもなりません。だから意識や心は「同じ」なんです。

「考えていることは人それぞれ、みんな別々のものだ」。そう思うのは、それが他人に見えないからです。ためしに他人に言ってみると、「またアホなこと考えて」と言われたり、「そうだよ、お前の言う通りだ」と言われるかもしれません。どちらにしても、相手に通じています。

他人に通じない考えを自分がもっていても意味がない。どうしてこんな当たり前の常識が通らないのか。心に個性があるなんて思ってるから、若い人が大変な労力を使うわけです。自分は人とは違う、個性がある、そういうことを証明しようとする。空回りするに決まっています。

認められたいとき個性にこだわる

若い人が個性にこだわるのは、自分が社会的に生きていくときに、価値を認められてない、という気持ちがあるからでしょう。いまでは承認欲求なんて言葉がありますね。自分は個性のある、特別な存在なんだから、価値があるじゃないか、と言いたい。自分は「世界に一つだけの花」なんだと。

その気持ちはわかります。でも「世界に一つだけの花」なのは、心ではありません。自然を見てごらんなさい。自然のものは、すべて世界に一つだけです。それが「かけがえのない」ということです。脳が「同じ」と認めたものは、いくらでも取り替えが利きます。クルマは壊れたら、作り直すことができます。あのクルマもこのクルマも「同じ」だからです。でも、あなたの身体はそうはいきません。

身体を作るのは、遺伝子の作業です。その遺伝子の組み合わせは、一人ひとり違います。それが個性なのです。だから画一化しようがない。身体についてはクローンを作る以外に画一化はできませんから、個性はいつだって存在します。クローンを作ろうとするのは何か。脳であり、意識です。意識は身体も「同じ」でないと、不安なのでしょう。だからクローンを作ろうなんていうことを考えるわけです。

その意味で、人間は個性をもつと定義していいのです。脳も身体のうちですから、お前と俺の脳みそは違う、それは認めていい。その違いを克服して、両方の話が通じるようにする。こうなると、それは脳つまり心の持ち分になります。

個性が身体であるとはそういうことです。身体は自然です。都市社会、情報化社会は意識の社会で、そこには自然はありません。「同じ、同じ」を繰り返す世界です。そこで「違う」個性が認められるはずがありません。

学校も社会のうちですから、もちろん社会の常識で動きます。その社会は都市社会、意識の世界です。そこではだから、身体という個性は、本当は評価されません。身体は自然ですから、むしろそんなものは「ないほうがいい」んです。

都市は意識の世界、心の世界ですから、それなら心の個性にするしかない。だから頭がいいと称して、それを個性だと思ってる。頭がいいとは、どういうことでしょうか。百桁の数字をその場で覚えたという、有名な人がいます。この人は、そういうことを覚える以外に、何もしない人生を送りました。

日本の古典芸能を習ったら、本当の個性がどういうものか、よくわかります。なぜなら、師匠のする通りにしろと言われるからです。茶道も剣道も同じです。謡《うたい》を習うなら、師匠と同じように、何年も「うなる」。同じようにしろという教育をすると、封建的だとか言われましたから、こういう教育はずいぶん廃れてしまいました。

でも十年、二十年、師匠と同じようにやって、どうしても同じようにはなれないとわかる。それが師匠の個性であり、本人の個性です。そこに至ったときに、初めて弟子と師匠の個性、違いがわかる。そこまでやらなきゃ、個性なんてわかりません。他人が真似してできるかもしれないことなんて、個性とは言えませんから。

知識や教養は反復し、身につけるもの

とはいえ、反復練習がなければ、本当の個性なんてわからないのも事実です。だから、教育だって反復練習で基礎学力をつけることは大切です。小学生の頃から私は虫捕りをしています。森に行く、原っぱに行く、山に登る。タイでもヴェトナムでも行く。そうやって、どんな虫がどこにいるか、それを覚える。これも反復練習です。それ以外にものを覚える方法なんてありません。

泳ぎ方の教科書を読んだからって、泳げるようにはなりません。スキーの滑り方をビデオで見たって、滑れるようにはなりません。じゃあ一度プールに入ったら、泳げるか。無理でしょう。三味線に一回触ったって、三味線が弾けるようにはなりません。基礎学力どころか、人生諸事万端、すべて学ぶ基本は同じです。反復練習しかありません。

反復練習をせずに、教育で何をすると言うのでしょう。それぞれの個性を評価しなければいけない。そういう声に応えて、個性を伸ばそうとしていた。親も先生も、反

復練習をすっ飛ばして、個性を伸ばすことに躍起になった。たしかに、反復練習に個性はないように見えます。でも反復練習をしないと、個性なんて出てきません。

教育に個性という言葉をもち込んだとき、この言葉は身体に該当すると思った人がいなかったようです。教育は「頭の教育」だと、ほとんどの人がまさに「頭から」信じていました。知識も教養も「身につける」ものです。「身」とは身体です。躾《しつけ》という文字もまた、同じ洞察から生じているはずです。「身が美しい」。身体の動きは表現であり、そうした身体表現の完成した形を、日本では伝統的に「型」と表現しました。伝統芸能はすべて「型」の学びから始まります。型は動かないから、情報ではないのか。そう思う人もいるかもしれません。型を止まってしまった過去のものと考えるのは、大いなる誤解です。

茶道も武道もたしかに型です。茶道が止まっていますか。客は座っているけれど、主人は動いている。いや客だって、飲むときは動いています。武道は言わずもがなでしょう。型には動きがあり、動くのは身体です。前に書いた茶道や武道の世界では、この型を極めた先に、ようやく個性がわかるようになるのです。

個性とは、私だけの思い、私だけの考え、私だけの感情だという世界では、学習は反復練習だ、身につけることだ、という常識は消えてしまいます。そんなことも考えずに、ひたすら個性を美化するから、何を伸ばしていいかがわからなくなる。心や頭に個性があったら、それをどうやって伸ばせばいいのか。わかるはずがありません。心や頭は「共通了解」の世界だからです。

マニュアル人間が生まれた背景

「個性」を発揮せよと求められるのは、子どもだけではありません。会社でも学者の世界でも同じようなことが言われます。ユニークな人材になれ。独創性のある研究をしろ。どこかで聞いたことがあるでしょう。独創性とか言っておきながら、学術的な論文は英語で書きなさいと言われます。英語で論文を書かなくてはいけないというルールなんてありません。しかし、「英語で書かないと評価されない」と学者は言います。

会社も同じでしょう。ユニークな人材になれと言っておきながら、利益を出したかどうかで評価される。頭の世界に個性をもち込むから、わけがわからなくなるのです。日本は同調圧力が強いから、個性を伸ばすことが必要なんだ。そういう声もよく聞きます。たしかに個性が大事だと言いながら、実際には、よその人の顔色を窺《うかが》ってばかりいるのが、日本人のやってきたことでしょう。しかしそういう現状を認めて変えるのに、個性や独創性をもち出す必要はありません。

いまの若い人は本当に気の毒です。一方では、英語で論文を書け、もっと利益を出せと「共通了解」を求められる。他方では、何を意味しているのかわからない「個性」を伸ばせと言われる。こういう矛盾の中で生活していたら、頭を抱えて混乱するのは当たり前です。

こういう矛盾がまかり通ってしまう理由は、もうおわかりでしょう。身体が個性であることを忘れてしまっているからです。個性と言うなら、個々の身体を見なければなりません。しかし学問の世界も会社の世界も、身体なんて評価しようがない。当たり前です。どちらも「共通了解」「強制了解」の世界ですから。

英語でいい論文を書きなさい。ユニークな人材になって稼ぎなさい。どちらも「求められる個性」を発揮しろと言っているようなもの。学会や会社が求める個性や独創性を発揮しなければ、個性や独創性とは言えない。なんとも奇妙奇天烈な話です。

『バカの壁』（新潮新書）でも書いたことですが、こういう奇妙奇天烈な要求の結果、「マニュアル人間」が大量に生まれました。というより、「求められる個性」を発揮しろという矛盾に対応しようとしたら、マニュアル人間になるのが最適なのです。

マニュアル人間は、組織の求める個性がインチキであることをよくわかっています。

だから、「私は、個性を主張するつもりはありません。マニュアルさえ示してくれれば、その通りになんでもやります」と、自分の汎用性をアピールします。

しかし、このように言う人は、自分に個性がないとは思っていない。本当の自分はあると思っている。「本当の私はあなたたちにはわかりません。だから、あなたがマニュアルを示してくれれば、それに従います」。こういう態度ですから、マニュアル人間と自分探しをする人は、別人種ではありません。組織では本当の自分が発揮できない。だから組織の中ではマニュアル人間として振る舞い、別のところで自分を探そうとするわけです。

好きなことははっきりしているようでしていない

マニュアル人間になるな。自分の好きなことを仕事にしろ。これもよく聞く話です。でも、自分の好きなことって、実ははっきりしているようでしていないものです。そもそもどんな仕事だって、好きなことばかりできるわけがありません。何かの仕事をしようとすると、実はたいていの場合、ありとあらゆることをしなきゃいけないということになります。

たとえば、医学部に入って医者になったら、患者さんを診ることになります。患者さんは、向こうから勝手に来ます。私が選べるわけじゃありません。

好きなことを好きなようにしたかったのに、患者さん一つとっても自分の好きにはできない。相手の都合次第です。心筋梗塞の患者しか診たくない、とも言えない。もう、ほんとに好き勝手な患者さんが来ます。なかには仮病までいて大変です。

臨床の医者になったら好きなことはできないなと思った私は、基礎医学なら自分のやりたいことがやれるだろうと考えました。やれると言っても、科目は決まっています。「なんでもあり」の基礎医学はないので、仕方なく解剖を選びました。でも、実際に解剖をやってみると、研究以外にいろんなことをしなければならなくなりました。まず、解剖学を成り立たせるためには遺体が必要です。それを探さないといけない。こればかりは、自分で作るわけにはいきませんから、それに関するいろんな手続きや仕事をやらなきゃいけない。

たとえば、あらかじめ「死んだら、解剖してもいいですよ」と言う方に献体をお願いしておいて、その方がお亡くなりになったら、ご遺体を引き取りに行くわけです。人の生死は時を選ばないから、今日は元日だから駄目ですとは言えません。「盆と正月は休業で、できれば時間も勤務時間内にお願いします」というわけにはいかないんです。

実際、元日に行ったこともあります。献体してくださる方はそれほど多くないので、一体一体を大切にしないといけない。つまり、基礎医学で何か好きな研究をしようと思うなら、それに伴ってやらねばならないことがたくさん付いてくるわけです。

このことをどう考えればいいか。私はこういう結論に達しました。好きなことをやりたかったら、やらなくちゃいけないことを好きになるしかない。この結論に至るまで、十年以上かかりました。

これは、仕事を変えるか自分を変えるか、どっちが楽かという選択をするとしたら、自分のほうを変えて、その仕事を好きなことだと思い込んだほうがいいということです。

そもそも私は変わっていくものです。本当に好きというのは、変わらない私を前提とした考え方でしょう。だけど私は変わっていくんですから、本当に好きかどうかなんてわかりません。

嫌なことを好きだと思ってやるのが面白い

「仕事だから」と言いながら、楽しそうに仕事をしている人がいます。そういう人は、たぶん「その仕事が好きだ」と割り切ってやっているんです。「本当に好きかどうか」なんてわからない。でも、好きだと割り切ったほうがストレスはたまりません。そうやって仕事を覚えていくと、自分の好みがもっとはっきり見えてきます。

当然です。やらなきゃいけないことをちゃんとやっていると、その中でもまた、好きな部分とそうでない部分に分かれてくる。それが、非常に勉強になるんです。

私も、初めは献体集めをするつもりはありませんでした。でも、その仕事のおかげで、研究では学べない、いろんなことを学べた気がします。嫌なことを好きだと思ってやる、やらざるを得ないからやる、その中に面白いことはたくさんあるのです。

中途半端にやったら、その面白さはわかりません。いつも逃げたいって思ってやっていると、うまくいきません。ある程度、腹を決めることが必要です。そうしていくうちに、最後には好きな仕事をしようが嫌いな仕事をしようが、結局は同じじゃないかという気がしてきます。仕事とは、そういうものだと考えたほうがいい。

こういうふうに考えれば、「好きな仕事が見つからない」と嘆く必要もなくなります。世の中のほうは、私のためにあるわけじゃありません。私たちが生まれてくる以前から世の中は先にあります。私の好き嫌いとは関係なく、すでに世の中は存在している。だったら、とりあえず受け入れるしかありません。それが大前提です。

自分の責任で、自分の好みで、世の中が成り立っているわけじゃない。生まれてきたら、もうそこには世の中があった。言い方を換えれば、私たちは全員、世の中に遅刻してきています。世の中を生きていくということは、その中に巻き込まれていくことです。だったらうまく巻き込まれていくしかありません。

内田樹《たつる》さんは、このことをサッカーにたとえて、うまい表現をしています。「サッカーのゲームはもうすでに始まっている。そこへ、君たちは選手として放り込まれる。ところが、ルールも身体の動かし方もなんにも知らない。だけど放り込まれたら、周りを見ながら必死で覚えて動くしかない。それが実は、仕事するってことなんだ」と。

これは仕事に限らず、実は学問もそうです。遅れてきたから、追いつこうと思って必死にやるわけです。

「先生」とはどういう意味か。「先生」は先に生まれるということです。先生の反対は「後生《こうせい》」です。後に生まれる。後から生まれるとは、どういうことか。それは、前もってあるべきものを知らなきゃいけないということです。

先生一人に生徒がたくさんいるのは、そのせいです。後から生まれてきた人は、先に生まれた人よりもたくさん学ぶことがある。だから先生より大変です。

こういうことは学校では教えてくれません。私がそれに気づいたのは、後になってからのことです。ただ、自分には何かが足りないということはなんとなく気づいていました。みんな誰かの「後生」なんですから、足りないのは当たり前です。

私たちは遅刻して、この世の中に生まれてきた。ルールも身体の動かし方もわからないのに、好きかどうかなんて判断できません。だったら、足りないものを必死に身につけるしかありません。

お亡くなりになられた方の献体を引き取りに歩いたことで、私に何が起こったか。普通だったら学べないことを、非常にたくさん学べました。私は死んだことはありませんが、死についてよく話をします。亡くなられた方を、たくさんいろいろ見ているからです。

自分は探すものではなく創るもの

「やらなきゃいけないこと」が否定的に感じられるとしたら、それも個性尊重のまやかしです。やらなきゃいけないことをやっても、個性は伸びない。そう思うから、自分の好きなことをやりたがる。でも、「型」なんてやらなきゃいけないことの連続です。

やらなきゃいけないことをやり続けると、型が身につく。何かが身についたら、自分は変わります。身体が個性なんですから、当たり前です。

仏教の修行もそうです。比叡山の「千日回峰行《せんにちかいほうぎょう》」というのがあります。比叡山の山中を千日、ただひたすら走り回る。それを終えると、「大阿闍梨《だいあじゃり》」という称号がもらえます。

マラソンの選手じゃないんだから、お坊さんが山を走り回ったところで、一文《もん》にもなりません。誰に頼まれたわけでもなし、そんなことをしても、何の意味もない。じゃあ、なんでそんなことをするのか。

走り回ったあげくの果てに、本人が変わります。修行の後にできあがる唯一の作品が、大阿闍梨本人なのです。修行を無益だと思う人は、そこを忘れています。芸術家なら作品ができるし、大工なら家が建ち、農民なら米がとれる。しかしお坊さんはそのどれでもありません。それなら何をするのかと言えば、「自分を創る」のです。

比叡山を走り回ったら、自分を創ることができるのか。そんなことはわかりません。でも本人にしてみれば、千日回峰行はやらなければいけないからやる。それこそ先に生まれた人がずっとやってきた、その伝統に巻き込まれてやってみるのです。

千日回峰行をする前と後で、本人がどこかしら変わる。それだけのことですが、人生とは「それだけのこと」に満ちています。私は三十年、解剖をやりましたが、それも「それだけのこと」です。

「それだけのこと」を続けていくと、自分は変わる。そうやって変わる自分を創っていく。自分とは「創る」ものであって、「探す」ものではありません。それが大した作品にならなくたって、仕方ない。そもそも誰が「大した作品」かどうかを判断するんでしょうか。そんなこと、神様にしかわかるはずがありません。

それがわかったら、個性とか、本当の自分とか、自分に合った仕事とか、つまらないことは考えないほうがいい。どんな作品になるかはわからなくても、ともかくできそうな自分を「創ってみる」しかありません。そのために大切なことは、身体の世界や感覚の世界、つまり具体的な世界を身をもって知ることである。そこで怠けると、後が続きません。

時々、知らない世界を見ることが、未知との遭遇だと思っている人を見かけます。コロナ前には、外国に「自分探し」に行く人もいました。日本が既知で、外国が未知なのではありません。「自分は同じ」と思っているから、日本にいるとなんでも同じに見えてしまう。それで「退屈だ」とこぼすのです。

でも、自分は同じだと思っている人が外国に出かけても、大した未知との遭遇はできません。そのくらいなら、何も考えずに出かけていったほうがいい。知らない環境に入れば、自分が変わらざるを得ませんから。

「変わった」自分はいままでとは「違った」世界を見ます。自分が変われば、世界全体が微妙にずれて見える。大げさに言うなら、世界全体が違ってきます。だから「面白い」のです。つまり「未知との遭遇」とは、新しい自分との遭遇であって、未知の環境との遭遇ではありません。新しい自分との遭遇は、自分探しではありません。そこを誤解すると、見知らぬ場所で、確固とした自分を見つけようと無理をすることになります。

自分を創りたかったら、自分で自分を変えればいい。それは別に外国じゃなくたってできることです。どこにいたって、新しい自分と出会って楽しむことができる。

なぜ「私は私、同じ私」でなきゃならないのか。そんな「私」なんか、どこかに捨ててしまったほうが楽ちんです。

第三章

世間や他人とどうつき合うか

理解しなくても衝突しない方法

人間関係の悩みについてよく聞きます。他人が自分を理解してくれない。あるいは他人のことがよくわからない。それで多くの人が悩んでいるようです。

なぜ、相手のことを理解しなければいけないのか。理解できなくても、衝突しなければいいだけです。相手の言うことを一から十まで理解しなくたって、ぶつかることは避けられます。ポイントは、相手が出しているサインのようなものを察知することです。「いまは話しかけないほうがいいな」とか「ここで近寄るのはまずいな」とか、地雷さえ踏まなければ衝突しなくて済む。

本当に他人をわかろうなんて思ったら、大変なことになります。むしろわからないままのほうが折り合いをつけやすい。別にこちらが全部わからないからといって、相手が自分を憎むわけじゃありません。人はそんなにおかしなことはしない。話している相手が「俺に対する理解が足りない！」と叫んで、殴りかかってくることはありません。

全部をわかろうとするから悩んでしまうのであって、大半はわからなくても当然と思えば楽になります。

相手のことがわからないのは、なにもあなたの理解力が足りないからじゃありません。たいていの場合、前提が違うからです。前提が違う人にいくら言葉を投げても、相手に刺さるはずがない。前提の違う話をされると、人は当惑します。

ネコが苦手な人に、ネコの面白さを延々と語ってもまったく伝わらない。こんなに一生懸命話しているのに、なぜわかってくれないのか。ネコに関する前提が根本的に違うんだから当たり前です。

すべてが意味に直結する情報化社会

「理解する」とか「わかる」と言うと、みんな「意味」と結びつけて考えがちです。相手が不可解なことを言うと、「これはどういう意味だろう」と勘ぐり出す。そうやって人はみんな意味を求めるでしょう。ところが世の中を見れば、実は意味のないもののほうが大きな割合を占めています。部屋の中に変な虫がいたら、それは人にとっては意味がない存在ですが、いるんだから仕方ない。山には石がゴロゴロしています。意味などなくても、自然には石があります。

ところが、いまの世の中は意味のあるものしか価値がないと思っている。すべてが意味に直結する社会を情報化社会と言います。意味のないものを全部なくした一つの象徴が、会社の無機質な会議室です。あそこには意味のあるものしかありません。机と椅子とホワイトボードで、せいぜい花が飾ってある程度です。それと対照的なのが、山とか森です。自然の中にあるのは、都市文化にとっては意味のない無駄なものばかりですから。

会議室のような場所ばかりで過ごしていたら、感受性が鈍ります。いまの学校の子どもを見たらわかる。無意味なものは置かず、教室が一つのオフィスのようになっています。マンションの自宅から学校まで往復しているだけなら、完全に世界が閉じられる。感覚が劣化するのも当たり前です。

人間なんかいなくたって、自然は成り立っています。でも都会は人間しか関わらない生活をつくっている。他のものは余分だからという理由で全部を排除してしまう。脳も世の中と同じです。つまり、脳の大部分は無意識という「意味のない部分」が占めていて、意識なんて氷山の一角です。ところがほとんどの人は、自分の意識が脳や身体のすべてを支配していると思っています。意識は意味を求めたがる。それでわかるとか、わからないと言って悩んでいる。

そもそも意識がすべてをコントロールできると考えるのが間違いです。朝、目が覚めるのもひとりでに覚めるのであって、意識的に覚めてるわけじゃないでしょう。コップで水を飲むときも、意識は飲みたいから飲んだと思っている。脳が「こうしよう」と思ってから、その後に行動すると考えている人が多いですけれど、逆です。

脳を測ってみると、まず水を飲むほうにはっきりと動き出して、そのコンマ何秒後かに「水を飲もう」という意識が起きています。意識は脳がその方向に向かって動いた後から遅れて出てくる。だから、科学的に言っても、人は自分の意図で何かをしているかというと、必ずしもそうじゃありません。

そういうことを無視して、わかるとかわからないとか言っても、それは意識の一番上澄みの部分だけの話をしているにすぎません。その下には膨大な無意識や無意味が隠れている。無意識や無意味なんて、お互いにわかるはずがない。上澄みだけを見て意味を求めるから、「通じるはずだ」と思ってしまっているわけです。

だから私は「人間はもっと謙虚になれ」といつも言います。自分の行動は、すべて自分でコントロールできていると思っている。そんなものは驕《おご》りです。

通じないという前提から始める

先ほど、前提が違うと話が通じないと書きました。でも、前提が違うことを前提にすれば、つき合うハードルは下がります。

たとえば東京で暮らしている人と、地方で生まれ育った人では、なかなか話が通じないかもしれません。でも「住んでいるところが違うから仕方ない」ということを前提にすれば、つき合うハードルが下がります。

これがもし家族になると、お互いの「わかってほしい」度合いがぐっと上がってくるから、「どうしてこの程度のこともわかってくれないんだ」と、相手に理解を求めることになります。私も昔はそうでした。夫婦みたいに非常に距離が近い関係だと、ちょっと意見が食い違っているだけで、「なんでわからないんだ」と、相手の意見を直したくなる。それで何時間も大ゲンカをしたこともあります。

そういう議論を繰り返してわかることは、「ほんの少しのことでも、相手の意見を変えさせることは難しい」ということです。

外国のいいところは、通じないという前提から始まることです。これは楽です。どうやったら人と通じ合えるかなんて、悩む必要がない。しかも通じなくていいやと割り切ると、不思議なことになんとなく通じるのです。こちらのたどたどしい外国語をわかろうとしてくれる人はたいてい親切な人です。だから外国語は下手でいい。下手だと相手も一生懸命に理解しようとしてくれます。

日本にいても同じようにすればいい。いつも私は別に伝わらなくてもいいと思って喋っています。私が書いた本を読んだ人から、「先生、なんかぶつぶつ言っていますね」と言われたことがあります。この「ぶつぶつ」が面白いと。私の文章は、理屈や論理がすっと通っているわけじゃありません。あちこちよそ見をしたり、寄り道をしている。そうすると「ぶつぶつ」になるんです。

でも、ぶつぶつ言っていると、それを読む人は適当に解釈して受け取ってくれます。日常のコミュニケーションもそのくらい、いい加減でいいんです。

日本文化の連歌とも似ています。連歌では何人もの人が、句を次々と詠み継いでいきますが、厳密な論理でつないでいるわけじゃありません。どんな句が詠み継がれるかは、その場の空気や雰囲気しだいです。日本にはそういう娯楽の伝統がありました。

その意味では、日本人はそういう「なんとなく」のコミュニケーションが上手だったはずです。

世間の常識からズレていると思っていた

世の中には平均的な価値観というものがあります。それに自分がどれくらいはまっていて、どのくらい外れているかという距離感は、当然人によって違います。私は小さい頃から、絶対にこの世間の常識から外れていると思っていました。世の中は私が思っているのとは別な世界になっているって。

違う世界がすでにあって、そこに自分は入れてもらえるのだろうか。若い頃はそういう不安をずっと抱えていました。そうすると、どうしても人を理解したいと思うようになる。だから私も若いときは、人をわかろうと思っていました。でも、なかなかうまくいきません。

違う世界の仲間に入れてもらうには、その世界に住む人を知らないといけない。この世界の住人は何を考えているのか。そういう「わかりたい病」が、子どもの頃から高校、大学までずっと続きました。医学部に入って医学を学び始めても、人の心に興味がありました。それで精神科の医師になろうと思ったのです。

実際、医学部を卒業してすぐに、精神科の大学院を受験しました。このとき、たまたま大学院の志望者が多かったので、クジ引きで入学者を決定することになりました。クジを引いたら、ハズレです。そこで考え直した末、解剖学を専攻することにしたのです。

解剖という作業は、生きている人を見る観察と比べると対極にあります。相手はなんにも言わない。私のことをどうしようなんて考えていません。わかろうとしているのはこっちだけです。だから、絶対に騙される心配がありません。そういう作業が私にとっては一番安心だった。やっていると気持ちが落ち着きます。

生きている患者さんを前にすると、解剖をしているときのように落ち着くことができません。注射を打ち間違えたり、薬を間違えたりしたらアウトです。私は注射が怖くて打てなくて、臨床医をあきらめました。自信がないので、「だいじょうぶですか」「気持ち悪くないですか」と患者さんに何回も聞いてしまう。こちらの不安が伝わるので、患者さんもますます不安になってしまいます。

これでは医者になるのは無理でしょう。解剖だったら遺体はもう亡くなっているから、これ以上亡くなるということはない。こんなに気持ちの落ち着く作業はありません。解剖が進んでいくと、手が切れたり、足が取れたりします。それをしたのは自分です。だから自分がやった結果だけがきれいにそこに出る。遺体に責任はいっさいありません。

一方で、生きている人間との対人関係では、相手が勝手に動きます、それによって、こちらも対応する。責任の所在があいまいです。何か問題が生じたときに、誰のせいだかよくわからない。

虫を見るのも解剖と似ています。私が虫をどう見ようが私の勝手です。それが誤解であろうが正解であろうがひとまず関係はない。誤解や勘違いによって虫の標本が私に対して憤慨したり、私と虫がぎくしゃくした関係に陥ることもありません。結局、そういう作業が私には一番合っていて、それをしていることが自分にとって楽なんだとわかるようになりました。

日本は世間と人間がセットになっている

小さい頃から感じていたヨソ者の感覚は何だったのか。いまなら「世間」という言葉から説明することができます。

世間とは何か。日本語では「人＝人間」です。人間は「人と人の間」ということです。西欧では、人は「間」じゃありません。中国語だって人は人です。なのに日本語では、人をあえて「人間」にしてしまう。人と人の間にあるのが世間です。ということは、日本の人間は、世間とセットになっている。つまり日本で生まれ育ち、教育を受けるということは、最初から世間の人になっているということです。

逆に言えば、世間に入るには資格があります。ただし、その資格は明文化されてはいません。日本人の両親から生まれて、日本で育ち、日本語を話せれば、問題なく世間の一員です。両親が日本人でも、外国で育った帰国子女だとハードルが少し上がります。法律的には日本人でも、世間にすんなりと受け入れてもらうのは簡単ではありません。世間の常識が欠けていることがあるからです。

外国人だとさらに難しいでしょう。世間に属するか外されるかは、外見が大きく関わっているからです。特に欧米人や黒人の場合には、見た目で「世間の人」と違うことがわかる。こういう人たちが日本に長く住んだとしても、世間に受け入れられるのは容易ではありません。

他の本にも書いていることですが、日本では五体満足でなければ世間から外される傾向がありました。

近年、それがはっきり表れたのは、サリドマイド児の生存率です。日本は三〇%で、欧米の五〇%に比べて二〇%も低い。日本では「あえて治療しない」という選択によって生存率が低くなっているわけです。それは五体満足という、共同体に入る資格がそのまま現代に通用しているということです。共同体に属しているメンバーは意外に気がついていませんが、共同体に入るには見た目がみんなと同じじゃないといけない、ということです。

こうした例からわかるように、世間の一員になるためには、見かけまで含んだ「暗黙の」資格が必要になります。暗黙だからといって、資格要件が緩いわけではありません。むしろ厳しい。どれだけ日本語に精通しても、一生、日本の世間には受け入れられない外国人もいると思います。

ややこしいことに、世間は一つではありません。日本という大きな世間があります。その長は天皇です。この大きな世間は、たくさんの小さな世間を入れ子のように含んでいます。学校も世間、近所も世間、会社も世間です。日本人はこういう複数の共同体に属して生活しているわけです。

世間とどう折り合いをつけるのか

私はこの世間になじむことができませんでした。世の中に、自分が「そこにいて当然だ」と思える居場所がなかったということです。もちろん家庭は別です。でも若いときは、自分の家についても、そう感じていました。

世間に違和感がなければ、そこにいるのが当然という帰属感を得ることができます。会社に勤めて定年までいる。それができるのは、会社に自分がいて「当然」と、どこかで思っているからです。

現代の若者なら、たとえどこかの組織に属していても、そんな帰属感なんてないと思うかもしれません。世間なんて面倒くさいという人も多いでしょう。それはそれでいい。私もそうでした。でも帰属感がなければ、人間はなかなか落ち着けないのも事実です。

といっても、私の場合、落ち着けない感覚は私が感じているだけで、別に追い出されるわけじゃありません。でも、自分が本来いるべきところではないという感じが、幼い頃からずっとありました。

家族もまた一つの世間です。家族の場合、生まれればひとまずメンバーになれます。でも家族が違えば、その中のルールも違ってきます。私が生まれた時代で言えば、父親が世間の代表であるのが当たり前でした。

ところが私が四歳のとき、父は結核で死にました。以降、私にとっては、母親が世間の代表です。私の母親は何をするにも自己流です。家の外にある世間のモノサシなど知ったことかという人で、とうてい私が真似できるものではありませんでした。

私が世間になじめなかったのは、このことと関係しているかもしれません。

母親はとことん自己流です。その自己流の世界が私にとっては世界になる。でもその世界に慣れるのも大変なものです。努力しなければ、母親の世界についていくことができないのです。

ところが、その母親の世界が外の世間とは大きくかけ離れている。そうなると、私にはお手上げです。おっかなびっくり生きざるを得ません。

幼稚園に入園して通っている。だったら幼くたって、その幼稚園にいてもいいと思うのが普通でしょう。ところが素直にそう思えない。病気がちで休みが多かったことも関係していると思います。数日休むと、幼稚園がとてもよそよそしく感じられる。もう行きたくない。登校拒否ならぬ登園拒否です。

学生になっても同じです。グループになじむことができないから、自分からこうしよう、ああしようという気にならない。どこにいても、ピタッとはまっている感覚がもてません。当然、体育会系にも学生運動にものめり込めない。

どこにいてもなじめないので、自分は世の中のことがわかっていないという意識が強くありました。世の中には、世間のルールに何の疑いもさしはさまず、暮らしている人たちがいます。そこにいることに何の遠慮もない。ここが私の居場所だ。世間が自分を受け入れるのは当たり前。そういう人たちは、私よりも世の中のことがわかっているに違いない。それができない自分は無知だと思っていたんです。

無知なんだから、世間を知らなきゃいけない。いまから振り返ると、私の人生にとって「世間とどう折り合いをつけるか」は大きなテーマでした。

自分も他人もわからなくて当たり前

いまでも虫を相手にしているときが、一番落ち着くのですから、世間からズレていることは間違いありません。でも、年を取って世間や他人との折り合いのつけ方がようやくわかってきました。

人のことをわかりたいというのは、裏を返せば自分のことがわからないということです。わかるわけがありません。自分は変わるからです。いや、自分だけじゃなく相手も変わる。自分のことさえわからないのだから、他人のことがわからないのは当たり前です。

だったら他人だって、あなたのことがわかるはずがありません。それなのに、「あの人は私をわかっていない」「私を誤解している」などと人は言います。「わかってない」「誤解している」というのは、誤解ではない「正解」があるという前提に立っているからです。人は変わるのだから、正解なんてあると思わないほうがいい。大事なのはその誤解をどう受け入れるかです。はっきり言うと、誤解は誤解のままで、気づくまで放っておくしかありません。

励ますつもりで言ったのに、嫌味に取られる。言った、言わないでしょっちゅうケンカしている夫婦もいる。そういう誤解を解こうと思って説明してみても、たいていの場合、徒労に終わります。

講演で百人を前に私が言ったことに、百人のうちの何人がどう反応するか、こちらはわからない。質疑応答で何か反応が返ってくる。それに対して、他の誰かがまた反応する。明らかに誤解だという感じを受けることはあります。でも、誤解の解きようがありません。誤解が渦を巻いている中で「いやいや、私は本当はこういうことを言いたかったんで」なんて言いかぶせてもほとんど意味がありませんから。

誤解されたままなんて嫌だと思うかもしれません。だけど「それは誤解です」と言ったって、相手は相手で自分が正解だと思っているから、たいてい無駄に終わります。

誤解の多くは、放っておくと自然に解けて消えていきます。どうでもよくなるんです。長い時間がかかるかもしれませんが、それまでは自分も周りも受け入れるしかありません。その時間を「損」と思うと、短時間で、合理的に「誤解を正そう」という話になる。そこで無理矢理「これが正解なんだよ」と説明しても無駄なことです。

せめて自分が相手を誤解しないようにしよう。相手をよく理解しよう。でも、相手だって変わっていきます。常に同じ正解があるわけじゃない。だとしたら、理屈や論理でわかるはずがありません。理屈や論理は、いつも「同じ」であるものしか扱えないからです。

じゃあどうするか。その都度その都度、瞬間で感じ取るしかありません。生きているというのはその瞬間、瞬間で、状況は常に違ってきます。諸行無常です。人の機嫌なんてしょっちゅう変わる。同じことを言っても、昨日と今日では反応が違ってくる。だから、いつでも使える方法はありません。物事にはタイミングがあり、いい時機かどうかはその都度気づくしかない。その方法は、人から教えてはもらえないし、教えようがありません。人によって、時間によって、場所によって、すべて状況が違うわけですから、一般化ができないのです。

対人関係のトラブルを避けるには

理屈や意味を求めても、人と人との機微に気づくことはできません。気づくのは一瞬です。気づかなければ素通りですから、その瞬間はもう永遠に訪れません。では、どうしたら気づくのか。それには感覚を磨くしかありません。

旅先で道を訊くとき、できるだけ親切そうな人を見つけようとする。これも味方を見つける感覚でしょう。理屈ではありません。

グレゴリー・デイヴィッド・ロバーツが書いた『シャンタラム』（田口俊樹訳、新潮文庫）という小説があります。冒頭で主人公がボンベイ（現・ムンバイ）の空港を出てくる。インドだから人がたくさんやってきます。主人公はその中で「こいつだ」という人を瞬時に選ぶのです。

人生にはこういう人を見抜く感覚が絶対に必要です。人間を見抜く感覚さえ磨いておけば、対人関係の面倒なトラブルは避けられます。

感覚を磨くための教科書はありませんが、できるだけ多様な状況に身を置いてみることが必要です。大学で働いているときの私にとっては、飲み屋がそういう場でした。飲み屋にはいろんな人が集まります。大学や学部など関係ありません。見知らぬ人とも会う。そういう人たちと話をすることが、ずいぶんコミュニケーションの勉強になりました。

飲み屋にはその日、その場の空気もあれば、全体の流れもあります。これを崩してはいけないという最低限の関係性やルールもあります。常連さんにしても、いつも同じ機嫌でいるわけじゃありません。こちらのコンディションも日によって違う。飲みながら理屈をこねたって始まりませんから、感覚を開いておかないといけない。こういう経験は本当に貴重です。だから私は、学生たちに「教室を出ろ」と言っていたんです。

子どもと遊んでみるのもいいかもしれません。子どもは私たちと前提をまったく共有していません。大人が当たり前だと考えていることも全然知らないし、興味ももっていない。そういう人たちにうまく伝えるのは、感覚を磨くいいトレーニングになります。

やってみると、伝わらないものです。向こうの言っていることもよくわからない。

子どもは大人みたいに、理屈をこねくり回したり、余計な修飾語をべたべたつけたりしません。言葉もシンプルに発します。こちらを忖度《そんたく》したり手加減したりしてくれませんから、いい訓練になるでしょう。

感覚的に捉えるのが苦手な現代人

現代人は総じて、感覚的に捉えることが苦手な人が増えています。都市社会、情報化社会では、社会が感覚を消していく方向に進んでいくからです。なかでもテレビの責任は大きい。

テレビはとても強力な視覚メディアです。テレビの映像は、一見、公平・客観・中立なものに見えますが、テレビの映像はカメラマン個人の視点です。テレビが普及して以来、一個のカメラが撮っている映像を全視聴者が見るという、非常に異常な事態が続いているのです。

そうすると何が起こるか。視聴者は、その一つの視点が現実であるかのように感じてしまう。一人の視点を全員が共有できるような錯覚が生じるのです。

現実の人間は視点を共有することなんてできません。全員、違うものを見ている。ところがテレビばかりに没頭すると、そこを忘れてしまいます。これはとても危険なことです。

私は講演でよく、こう話しかけます。「皆さん一人ひとりが見ている『養老孟司』には、一つとして同じものはありません」。座っている場所も違えば、見ている人の背の高さも違うのだから、当然です。ところがそのように「違う」ことを忘れてしまっている人が多い。感覚が鈍るとはそういうことです。

感覚は身体的なものです。第一章で書いたように、リンゴが二つあればそれぞれ違うと感じるのが感覚です。あるいは、三人が一つのリンゴを見ても、三人それぞれ見え方が違うのが感覚です。それを「一つのリンゴ」と認識するのは、概念の力です。

感覚が落ちると、言葉や概念の重要性にも気づけなくなります。感覚が抜けた人たちは思考のすべてが言葉から始まってしまう。初めに言葉ありき、になるのです。

私の「寒い」と他人の「寒い」は、感覚としては同じはずがありません。身体が違うのですから、感覚を共有することはできない。人によって感覚はそれぞれです。しかし、「寒い」という概念を共有できなければ、話は進みません。だから「寒い」という言葉が必要になるのです。

こういうふうに感覚の世界は人それぞれ全部違うということがわかっていれば、言葉を「ありがたいもの」だと感じます。感覚だけではわかり合えなかった事柄を共有できるようになるからです。

ところが概念的思考だけが肥大してしまい、言葉の世界から始まってしまうと、そのありがたさがわからなくなります。話が逆になる。通じることが当然であると思い込んでしまうのです。

そうすると、通じないことのほうが大量にあることになかなか思い至らなくなります。だから、ちょっと通じないだけで不安になる。あるいはわかってくれないと文句を言う。

結果として、現代の人は人間関係まで明文化して、細かく決めなくてはいけないと思っています。人間関係も情報化すればいい。そうすればうまくいくと思っているようです。結果として、ますます感覚は落ちていく。その成れの果てがＳＮＳです。

ＳＮＳは純粋脳化社会

ＳＮＳには身体がありません。純粋脳化社会です。身体がないので、言葉、概念だけでコミュニケーションをする。概念の力は「同じ」をつくることです。違いは認めない。ＳＮＳそのものじゃないですか。

一方で、身体や感覚がないのだから、言葉のありがたみがわからない。だから粗末な言葉、乱暴な言葉を出すことにも躊躇《ちゅうちょ》がありません。目の前に相手がいたら言えないことも、平気で言えるのがＳＮＳでしょう。

実際にスマホやパソコンの前には生身の身体があります。気に入らない文章を読めばイライラする。怒鳴りたくなる。感覚がなくなったわけではない。でも、その感覚を察知してくれる相手の身体や感覚がないわけです。

身体や感覚のイライラをまた概念でなんとかしようとするから、言葉はどんどんエスカレートしていきます。ＳＮＳで過激な言葉で他人を非難して、それなりのリアクションが返ってきたりすると、その瞬間は気持ちがスカッとするでしょう。しかし、ほんの一瞬のことです。その人自身の問題が解決されたわけではなく、単に先送りされただけです。ＳＮＳを離れれば、前と変わらない日常が待っています。

するとまたスカッとしたくなりＳＮＳに戻ってくる。自分の言葉に対するフィードバックが心地よいことを覚えると習慣になり、過激さはエスカレートしていきます。こうしてＳＮＳは始終ギスギスし、あちこちで炎上が起こるのです。

本人が幸せになれないだけならまだしも、リアルな世界ではとても言えないような言葉を目にしてしまうことで、周りの人たちが巻き込まれ、腹が立ったり、悲しい気持ちになったりします。誰かの承認欲求を満たすだけの意味のない行為につき合っていてもストレスになるだけです。

ＳＮＳは人から評価されるかどうか、「いいね」の数が多いかどうかが問題になりますが、若いうちは、そういうことをしないほうがいい。それらはすべて相手しだいです。

相手が自分をどう見ているかがわかりやすく数字になるので、誰かと自分を比べたり、人の評価を必要以上に気にしたりするようになります。オリンピックの競技などではないのですから、数字や勝ち負けだけがその人を表しているわけではありません。

次第に他人の評価に自分を寄せてしまうようになって、周りのことばかり気にするようになります。だから、「いいね」はすることもされることもしなければいいのです。それで一時的に仲間との関係が悪くなっても仕方がない。人の評価を気にすることのほうが、よっぽど感覚に害があります。

不愉快なことがあったら他人のせい

ＳＮＳのような情報化社会での対人関係では、人のせいにする傾向が強くなります。そもそも都会がそうです。田舎ならば道を歩いていて石につまずいて転んだ場合、注意が足りないと怒られる程度です。これが東京駅だったら、こんなところに石を置いたのは誰だ、訴えてやるとなる。

都会には人の作ったものしか置いてないので、何か不愉快なことが起これば他人のせいになりやすい。ＳＮＳではなおさらです。不愉快なことがあったら、他人の言葉のせいになる。

石につまずいて転んでも自然のことだから仕方がないとあきらめたら楽なのに、あきらめなくなりました。あきらめなくなったから、いつまでも執着する。感覚が働かないので、つかず離れずという距離感をつかむことができないのです。

ＳＮＳに限らず、都市社会、情報化社会では、いつもイライラしている人、不愉快にしている人が多くなっている気がします。そういう人に、あまりまともにつき合って向こうの世界に巻き込まれたらえらいことになってしまいます。万が一、相手が頼ってきたときにどうするか。あの人はみんなから相手にされず、かわいそうだからなどと余計なことを思わないほうがいい。

その一方で完全に突き放すと、やけを起こすかもしれない。そういう人はわがままだから、甘やかせば自分の陣地を広げようとする。どういう塩梅で抑えるか。それこそ距離感という感覚の問題です。

そのときによく人はドミノ理論をもとに考えてしまいます。つまり厄介な人に対してここで譲ると、またどんなわがままを言ってくるかわからない、ドミノ倒しになる。だから強硬姿勢に出ないとだめだという考え方です。SNSでもよく見られる光景でしょう。

ここで身体があれば、たいていの厄介な人でもドミノを最後まで倒すほど大変なことは言ってこないことが感覚的にわかってきます。相手の呼吸、度合いがつかめてくるからです。

でも、SNSやインターネットの中では相手の呼吸も息遣いもわかりません。だとしたら、深入りは禁物です。本気でその相手をしようと思うと、膨大なエネルギーをつぎ込むことになりかねません。

人疲れしたときは「対物の世界」に

人ばかり相手にしようとすると、疲れたり不安になったり、イライラしたりする。SNSはその典型です。

世界は見方によって、「対人の世界」と「対物の世界」に大きく分かれています。たとえば「将来の夢はユーチューバー」と言う子が増えているといいます。私もユーチューバーになってしまったので否定はしません。でも、これは子どもたちがいかに「対人の世界」だけで生きているかの表れでしょう。人からどう見られるか、人とどうつき合うか。こういう関心だけで世界が成り立っているのはもったいないことです。

最近の小説にも、「対人」が中心になっているものが多いように感じます。あの人がどうした、こうしたということばかり書いてあって、自然の描写が少ない。昔の文学、小説はそうではなくて、「花鳥風月」がありました。自然の風景というのは、人間の外側に、人間の意思とは無関係に広がっています。

私は根っからの虫好きです。虫の世界は「対物の世界」です。対物の世界はいつも平和です。野山に虫を捕りに行っても誰にも会いません。田舎の山の中なので、コロナ禍で出歩いていても、自粛自警団に叱責されることもありません。

人間は、人の世界と物の世界を行き来することでバランスを保ってきました。「対物の世界」を遠ざければ、「対人の世界」ばかりに目が向くのは当然です。それでは煮詰まって、感覚が干上がってしまいます。

虫とつき合ってしばらくすると、今度は人の顔も見たくなってくる。一週間虫を眺めていたら、さすがに人が恋しくなってきました。返事がくるのがありがたい。そのくらいのバランスでいいんです。

逆に人疲れしている人は、人間でないものを相手にすればいい。生身の人間を相手にするから疑心暗鬼になる。知り合いが田んぼや畑を持っていたら、行って働かせてもらえばいい。鳥の声でも聞きながら、黙々と手を動かして土でもいじっていれば、何かを感じます。「気持ちいいなあ」と思うだけでいいんです。

私はよくラオスに虫を捕りに行きました。そうするとたまに、虫になっています。特に意識してそうなろうと考えているわけじゃなく、何週間も虫を見ているといつの間にかそうなる。虫になって、虫の立場でものを考えたりする。すると、人間の言葉で話したり考えるのが面倒くさくなります。

思い通りにならないことを知る

対人の世界でも対物の世界でも、多様な場所に身を置けば、何事も自分の思い通りにならないことがわかります。世の中には思い通りにならないことがあることを知る。それが寛容の始まりです。

自分も変わっているし、相手も変わっている。変だと思ったら、それは自分が変なのか、相手が変なのか、どちらかです。だけどいまの人たちは「相手が変だ」と言うほうが多い気がします。自分は変わらないと思っているからです。

それを「不寛容」と言います。「何かおかしい。変なのは俺じゃない、こいつだ」となって、相手を排除しようとする。不寛容の極みです。もしかしたら、変なのは自分かもしれない。それを忘れて、自分のモノサシを固定化した瞬間、人は不寛容になります。

寛容になるためには、思い通りにいかないことを受け入れたうえで、少しずつ状況を変えていくしかありません。それには自分だって変わらなきゃいけない。そうやって人間は「努力・辛抱・根性」の方法を学んでいくのです。

思い通りにならない人や物を前にしたとき、人間の本当の意味での体力や感覚の強さが試されるのです。

第四章
常識やデータを疑ってみる

脳化社会は違うことを嫌う

意識が幅を利かせる脳化社会は、違うことを嫌います。日常は違いに満ちていますが、意識に振り回されると日常が脇へ追いやられる。意識は「同じ」しか扱えないからです。

同じの最たるものは数字でしょう。物事を数字にすればするほど、世界はどんどん単純化する。人間も数字にしたほうが便利です。番号一つあれば、本人は必要ありません。

数年前、銀行に行って手続きをしようとしたら、本人確認の書類提出を求められたことがありました。私は運転免許を持っていないし、病院に来たわけじゃないから健康保険証も持っていませんでした。そうしたらその銀行員が「困りましたね。わかってるんですけどね」と言う。よく行く地元の銀行ですから、その人も私本人だとわかっているんです。ここにいるのは間違いなく養老孟司なのに、なぜ養老孟司と認識されないのか。いったい「本人」って何でしょうか。

それから数年して答えが出ました。本人は、いまや「ノイズ」です。本人の情報さえあればいいんです。本人確認の書類をロボットが持ってきたらどうするのか。たぶん、それでもいいんでしょう。生身の顔色や機嫌、声、匂いなど、すべてが感覚所与、つまりノイズなのです。

医療現場でも、肉体を持った患者さんがどこかに行ってしまって、検査の結果だけが事実になってしまった。正常値から外れた数値を、正常値に戻すことだけが医者の仕事になっている。その仕事が、その患者さんとどのくらい関係があるのかというと、実はもうほとんど関係ないわけです。

私は東大の医学部にいたので、患者さんを紹介することがありました。治療が終わった患者さんが、お礼を言いに来る。そこで何を言うかというと、「担当の先生は、顔も見ないんです。カルテを見て、パソコンを見ているだけで、手も触らない」。まさに「統計」だけが「事実」で、本人がいなくなっているのです。

会社で同じ部屋で働いているのに、上司や同僚にメールを送り付けるのも、ノイズを排除したいからです。人間もコンピュータに近づいてしまっているから、ノイズが入っていると処理しきれない。だから生身の人間とつき合うのが苦手になっていく。

結婚しない人が増えているのも当たり前で、結婚はノイズと生涯を共にするようなものです。少子化も同じ理由です。子どもはノイズそのものですから。これが現代の脳化社会、情報化社会の実情です。

数字が事実に置き換えられる情報化社会

情報化社会では、数字が事実に置き換えられていきます。

昆虫図鑑を開くと、虫の体長が「何ミリ」と記されている。多くの人はそれを見て、事実だと思い込む。

実際に虫の体長を測るのは簡単ではありません。虫は、頭、胸、腹と三つの部位に分かれ、それぞれが関節でつながっています。関節は伸びるし、死んで固まったら曲がってしまう。だから私は、頭、胸、腹の部分にバラして別々に測る。それでも測定の誤差はあります。

虫の体長を測定していると、個体差が非常に大きいこともわかってきます。たとえば七回脱皮した虫は大きいけれど、六回の虫は小さい。だから正規分布にはなりません。

「正規分布」とは、虫の体長なら、横軸を体長、縦軸を個体数にしてグラフにした際、左右対称のきれいな釣鐘型のグラフになることを言います。

虫の体長をグラフにすると、山が二つ、時には三つできることもあります。虫の体長一つとってもなかなか簡単にわかるものではない。図鑑に書いてある数字だからといって正しいとは限らないのです。

私が五十七歳のときに肺がんが疑われました。私は喫煙者です。喫煙者はがんになりやすいというデータがあるので、検査の結果が出るまで、その可能性はあると覚悟していました。結局、肺がんではありませんでした。

がんになる要因は一つではありません。発症する現実の仕組みは複雑です。にもかかわらず、がんを予防するためには複雑化を取り払い、単純化して因果関係が設定される。人間を喫煙者と非喫煙者に分けて、どちらががんの発症率が高いかどうかを調べるとします。その結果、タバコを吸う人のほうががんになる確率が高いことがわかります。これによって、喫煙とがんの因果関係が「実証」されるわけです。

統計というのは、個々の症例の差異を平均化して、数字として取り出せるところだけに着目してデータ化します。逆に言えば、統計においては、差異は「ないもの」として無視しなければなりません。

しかし、タバコとのつき合いは千差万別です。一日一箱（二十本）タバコを吸う人もいれば、三日で一箱吸う人もいる。二十歳からタバコを一日二箱ペースで吸い、四十代でやめた人もいます。これらを一つに丸めて、全体の数値を出して確率を提示しているのが統計データです。

世界で最初に禁煙運動を始めたのは、ナチスのヒトラーです。ヒトラーは非喫煙者で、国民の健康増進運動の一環でタバコを禁止し、それが優生思想に結びつきました。日本でも二〇〇三年に健康増進法が施行され、健康増進に努めるのが国民の責務とされました。国が国民生活に踏み込み、習慣を変えさせようとするのは、戦時中の「欲しがりません、勝つまでは」と同じです。

タバコが肺がんの主因であるかどうかにも疑問があります。現実に、日本人の喫煙率は下がり続けているのにもかかわらず、肺がんの発症率は上昇しているからです。発がんのメカニズムは複雑です。日本人の寿命が延びたことに加え、食生活から大気汚染、ストレスまで、その要因は無数にあります。

がんを発症するかどうかも個人差があります。酒もタバコもさんざんやりながら八十歳でもピンピンしている人もいる。がんは根本的には遺伝的な病なのです。

身体の声を聞くために必要なこと

統計的データは、あくまで判断材料の一つです。今後、医療システムの中にＡＩ（人工知能）が本格的に入ってくるはずですが、事情は変わりません。もしも最終的な判断をＡＩに預けるような医者が出てきたら、どうしようもありません。

身体がある状態を示す要因は複合的です。健康診断や人間ドックで、まったく異常が見つからなかったのに、突然倒れてしまうことがあります。

血圧とか血液検査の数値とか、身体の状態から情報化されるのはほんの一部です。だから、予想外の病気が見つかることがあります。私のような胸の激痛がまったく出ない心筋梗塞もその一つでしょう。

数値に目を奪われていると、健康のためにはそれだけが重要なことのように思われてきます。健康診断に一喜一憂する人は、この罠にはまっていると言えます。

では医療における統計を否定すればよいのかというと、そんなことは不可能です。しかし統計データだけを判断材料にするのも危険です。

たとえば自分の身体の異変に気づいて、がんかもしれないと思ったとき、インターネットで検索して、「十万人に一人」という数字が出てきたとします。確率が低いので、「これは違うな」と思うかもしれません。身体よりも数値を優先させる。これは本末転倒です。

大事なのは身体の声を聞くことです。私がさんざん悩んだ末に病院に行くことにしたのは、体調が悪くてどうしようもなかったからです。病院に行く前三日間は眠くて眠くて、ほとんど寝てばかりいました。それが身体の声だったのでしょう。

ただ、身体の声が聞こえるようにするには、自分が「まっさら」でなければなりません。私は花粉症がありますが、症状がひどくても、これまで薬は飲まないようにしてきました。薬で症状を抑えてしまうと、身体の声が聞こえなくなるのではないかと思うからです。

ニュースを自分の頭で考えるために

ドナルド・トランプがアメリカ大統領だった時期に、フェイクニュースについて時々、取材を受けました。フェイクニュースに騙されないように、ファクトやエビデンスを大事にしなければならないという主張もよく見かけました。

しかしそこで言う「ファクト」や「エビデンス」は統計データであって、身体や感覚ではありません。

私の世代はフェイクニュースで育ちました。大日本帝国です。小学校二年で終戦。バケツリレーだ、竹やり訓練だとやらされていたのが、八月十五日にころっとひっくり返った。戦時中の報道はほとんどフェイクでした。

自分が生まれた昭和十二年（一九三七年）十一月十一日の新聞を見たことがあります。この年の七月に日中戦争の発端となった盧溝橋《ろこうきょう》事件が起きています。新聞は表と裏だけで、何々中隊がどこそこで何をしたといった中国での戦闘記事ばかりです。火事もケンカも殺人も載っていません。限られた紙面が戦闘で埋められているのは、他に重要なものはないとのメッセージです。これも一種のフェイクです。

終戦の年の秋には教科書に墨を塗りました。当時は学校の先生よりも国定教科書のほうが偉かった。そこに進駐軍がやってきて、〝軍国主義的な内容〟とした箇所を墨汁で塗りつぶしました。それまで「鬼畜米英」がスローガンだった社会が、敗戦を境に「平和憲法万歳」の世に一八〇度変わっていったのです。

ウソは三つの段階で生まれると考えています。第一段階は記号化する段階です。典型的なのは捏造《ねつぞう》です。意図的にウソをつくる。現代では写真や映像も簡単に加工できますから、記号化する段階でウソをつくりやすくなっています。

第二段階は、記号化した情報を発信・受信する段階です。新聞であれ、テレビのニュースであれ、そこで扱える分量には制約があります。だからそこで発信する情報の取捨選択が行なわれる。これはふだんの会話でも同じです。私たちは、自分の身に起こったことをすべて話すことなんてできません。何かを話す際には、どの情報を話すかを判断しているわけです。

中国での戦闘ばかりを報じた新聞もこの第二段階にあたります。限りある紙面を中国での戦闘記事で埋め尽くすことで、これ以上に重要な事件はないというメッセージを発信している。こうやって情報を流すか流さないかということ自体に込められるメッセージを「メタメッセージ」と言います。メタメッセージもまた、何かを強調しすぎたり隠したりするため、ウソが生まれやすくなります。

情報を受信する段階では、受け取る人の脳のバイアスがウソを生み出します。たとえばトランプ支持で固まっている人は、自分の好きな情報しか受け取りません。トランプに不利になるような情報は「ウソ」だと判断する。現実であろうがなかろうが、本人の受け取り方しだいでいくらでもウソは生まれます。

第三段階は、無意識のレベルで生まれるウソです。意識は記号化できないものを無視します。記号化できるものだけを現実や事実と認定するのですから、具体的な状況が抜け落ちてしまいます。だから、言葉や数字にすること自体でウソが生まれやすい。

でも意識はそのことに気づくことができません。こういう「無意識」に初めて気がついたのが、精神分析学の創始者ジークムント・フロイトです。フロイトは、人間の行動は無意識に支配されていると考えた。無意識とはふだんは意識されない「抑圧された意識」です。抑圧された意識は、嫌なことを考えないようにして、なかったことにしてしまいます。

そもそも意識は、外の世界を把握するためのものなので、自分の身体の内側のことや内面については何もわかりません。そのくせ、意識は自分が一番偉いと思っている。自分の身体や内面については見て見ぬふりをするのだから、ウソが生まれやすくなるのは当然です。

　こんなふうに考えると、誰だって本当のことばかりでなく、ウソを言っていることになります。だからニュースはすべてフェイクだと思っているくらいが安全です。それで初めて自分の頭で考えることになるのですから。

　トランプのようにフェイクが大好きで、フェイクをどんどん利用しようとする人がいたとしても、受け取るほうが騙されなければいいんです。政治家からすると、そうした頭が冷えている人たちが一番扱いにくい。フェイクを発信する人の意欲を削《そ》ごうなどと、そちらに目線を向けると同じ土俵に立たされてしまいます。周りがそれを情報として受け入れなければ、広がることはありません。関係ないよと、そっぽを向いておくのが一番いいんです。問題はあなたにあるでしょう、ということです。

地球温暖化の問題をどう捉えるか

地球の温暖化も簡単に判断できるものではありません。私たちが感じている温暖化で一番大きな要因は、ヒートアイランド、つまり都会が熱くなっていることです。これは当たり前です。車のエンジンであれだけガソリンを燃やせば、年がら年中、火を焚いているようなものです。冷暖房、冷蔵庫も熱を出している。都会で密集してみんなで熱を出しているのだから、都市を直火で熱しているようなものです。

じゃあ温室効果ガスで地球温暖化が起こっているのかどうか。私は「わからない」としか言えません。地球温暖化は、人為的かどうかで意見が分かれています。国連は人為的温暖化で動いていますし、世の中でもそう言われています。

アメリカの元副大統領だったアル・ゴアは、『不都合な真実』(ランダムハウス講談社)という本を書いて、人為的温暖化論を訴え、ノーベル平和賞をとりました。この本の前半は人為的地球温暖化論で、後半は喫煙による肺がん論が展開されています。

この本を書評したこともありますが、政治家が書いた本ですから、この二つが政治問題であることがよくわかりました。結局、アル・ゴアは何をしたかったのか。

想像するに、おそらく中国やインドにプレッシャーをかけたかったのでしょう。「温室効果ガスの排出量を減らせ」と言うことは「石油をなるべく使うな」と同義です。しかし、欧米は簡単に石油の消費量を減らすわけにはいきません。なぜならアメリカ文明とは石油文明だからです。アメリカの秩序は石油で維持されています。

それならば、「石油を使うな」というプレッシャーを一番かけられている国はどこか。当時、猛烈に石油を使い始めていた中国とインドでしょう。欧米としては有限な石油をなるべく長く使いたい。だから「新興国に荒らされてなるものか」というわけです。

本気で温室効果ガスの増加を心配するならば、排出を抑制する一番確実な方法は石油の生産調整です。消費を減らせと言っても世界のどこかで誰かが使ってしまえばそれまでだから、現実的には難しい。それよりも油田の在処も産出量も全部わかっているのだから、年に一%削減していけば五十年間で五〇%、石油に関しては完全に削減できます。温室効果ガスが世界的問題と言うなら、こんな当たり前のことをどうして誰も言わないのか。ようするに、世界の誰も本気ではない。本気で心配しているのなら、元栓を閉めればいいのです。

未来予測は自分の変化を棚上げする

『バカの壁』を書いた当時、私は林野庁と環境省の懇談会に出席しました。そこで出された答申の書き出しは、「CO_2増加による地球温暖化によって次のようなことが起こる」となっていた。私は「これは〝CO_2増加によると推測される〟というふうに書き直してください」と注文をつけました。するとたちまち官僚から反論があった。彼らは「国際会議で世界の科学者の八割が、二酸化炭素が原因だと認めています」と言う。しかし、科学は多数決ではありません。

地球全体で温暖化しているかどうかは、簡単にはわかりません。地球全体の気温をどう測るのか。これだけでも大問題です。温暖化の与える影響にしても、「ああすれば、こうなる」のような単純な因果関係で語ることはできません。生態系はものすごく複雑ですから、何が何の影響なのかを簡単に判断することはできません。石油を消費すれば、温室効果ガスが出る。温室効果ガスが出れば、地球は温暖化する。どちらも「ああすれば、こうなる」です。こういう単純な因果関係は単純な系でしか成り立ちません。それでも脳化社会の住人は、「ああすれば、こうなる」が最も「理性的」だと信じて疑わない。疑うことを放棄したら、自分の頭で考えることはできません。「ああすれば、こうなる」の最たるものが未来予測です。未来予測のおかしなところは、「自分が変わる」ことを棚上げする点にあります。何度も語ってきたように、情報は動きませんが、人は変わります。変わった自分が何をどう考えるか、いまの自分には実はわかりません。

未来に対する予測は、その変わるべき自分を常に棚に上げます。意識は自分を情報だと規定するからです。そういう情報化社会の人間は「ああすれば、こうなる」のだからと未来を予測する。そこに自分の変化は入っていません。そんな予測がアテになるでしょうか。見方が変われば、つまり統計値をとっている当の自分が変われば、統計値のとり方も違ってきます。

こういうことを話すと、「それじゃあ何もアテにならないじゃないか」と言う人が出てきます。こういう人は、ゼロとイチでしかものを考えていない証拠です。科学はそういうものではありません。

ウィーン生まれの科学哲学者カール・ポパーが提唱した「反証可能性」という考え

方があります。反証可能性とは、反証の可能性がある言明が科学だということです。

逆に言えば、反証の可能性がない言明は科学とは言えないことになります。宇宙は神が創造した。これは反証しようがありません。

ポパーの考え方で重要なのは、「科学的に」正しそうな理論があったとしても、それに合致するデータをいっぱい集めてくるだけでは科学的ではない、ということです。「すべての白鳥は白い」という理論は、黒い白鳥を発見することで覆されます。そうやって覆される可能性がある理論こそが科学的理論ということになります。

科学に一〇〇％の正解はありません。しかしそれは、「確実なことなんか何一つない」こととは違います。科学は「確実なこと」を探し続けている。確実なことを探したいからこそ、常に疑う姿勢をもっているのです。

私だって、何もかも信じるなと言っているわけではありません。ただしどんなことも一〇〇％ではないのだから、鵜呑みにするなと言っているだけです。

地球温暖化の理由が温室効果ガスである可能性は高いと考えもいいでしょう。ただし、これも「可能性は高い」のであって、一〇〇％の真理ではありません。これを一〇〇％と捉える人は、狂信や盲信に陥りやすい。下手をすると、カルト宗教に走ります。

「生物多様性」の言葉に感じる矛盾

環境問題では「生物多様性を守れ」という言葉もよく聞きます。しかし、私はそもそも、「生物多様性」という言葉自体に矛盾を感じています。

生態系というものに対する知識というか感覚があまりにもなさすぎるという現実を、私はずっと「都市化」と呼んできました。都市には、ハエも蚊もゴキブリもいないのが一番いい。以前、新しくできた経団連会館で、生物多様性の座談会みたいな催しに参加しました。座談会が始まって私は最初に言いました。

「この座談会をやっている場所にはハエも蚊もゴキブリも一匹もいないじゃないか。それで何が生物多様性だよ」

ハエも蚊もゴキブリも一匹もいないところで生物多様性について議論することを、「話が宙に浮いている」と言います。「地球上には、いろいろな種類の生き物がいる」。こういう言い方だけで、生物多様性をわかった気になってしまっているのです。

こうやってまとめた言い方をした時点で、生物多様性について語る意味はなくなります。こういう人は、奥さんが美容院に行っても、買ったばかりの新しい服を着ていても気がつかない。状況の変化に鈍感なのです。だから現代の人たちが生物多様性とか環境とか言っても、私は本当は無駄だと思っています。その重要性を感じていないからです。そもそも相手に関心をもっていません。虫が出てくれば、「虫だ」の一言で終わりです。

ドアを開けていたら、アカハナカミキリが飛んでくる。それで「夏が来た」と思います。普通の人は、それがカミキリムシであることも気づかないでしょう。アカハナカミキリは、敷地で切った木を積んでいたところで発生していました。発生するのは夏の時期です。こういうなにげなく起こっている現象の本当のディテールの相互関係が見えなければ、生物多様性と言ったって、頭の中だけの概念操作にすぎません。

地球上には、菌類から人間まで、あらゆる生物が共存しています。何一つ同じ〝モノ〟はありません。生物多様性とは、言葉ではなく、自分自身の〝感覚〟を使って初めて理解できることなのです。

環境問題は身体の問題でもある

「環境問題」という言い方も同じです。テレビでよく環境問題に関する番組が放映されています。でもテレビじゃ、匂いもなければ風もなければ温度もわからない。そういう世界はおとぎ話の世界と同じで、アテになりません。

「環境」と聞いて、外の世界のことのように思う人も多いでしょう。違います。環境というのは自分の身体のことです。身体には百兆の生物が住み着いている。

腹や口の中にだって億単位の細菌が住んでいます。歯垢を取って顕微鏡で見れば、細菌がウヨウヨ泳ぎ回っています。だから人間だって生態系です。

そういう意識がない人に向かって環境問題と言ったところで、自分と切り離された世界の話のようにしか聞こえません。言葉で何かを言ったってしようがない。それよりも、外に出るほうが先決です。

ところが、都会では地面も建物の壁もすべてコンクリートにしてしまった。車は舗装された道路を走り、電車は時間通りに来る。私たちは、文明を使って人工的につくり出した〝秩序〟の中に生きています。でも、秩序はタダでは生まれません。その代償として、どこか別の場所では〝無秩序〟が生まれています。

たとえば、都会の野良犬を保健所で保護し、飼い犬をすべて鎖でつないだことで、田舎の畑は猿や鹿や猪に荒らされるようになってしまった。自分たち以外の生き物を排除して発展してきたわけですから、人間はそんな無秩序には気づきもしないでしょう。

意識はそれでいいかもしれません。でも、そのツケは身体に回ってきます。自然をなくした世界にいるんだから、具合が悪くなるのも当たり前です。実験室で飼っているネズミと変わりありません。

食べ物を摂取してカスを外に出していることだけをとっても、自分の身体は環境とつながっています。そこに切れ目なんてあるわけがない。このことを忘れるから、生物多様性も環境も宙に浮いた議論にしかならないのです。

都会の外に出たって自然はないのだから、森や田舎に行けと言うしかない。そこで虫一匹をじっと見る。一匹の虫の背後には、ものすごく複雑な背景があります。植物のことが出てくるし、土の中がどうなっているかと調べたくなる。いくら命があっても足りないくらいです。

複雑な世界を単純化したい現代

顕微鏡で虫を見ると、虫が十倍に大きく見えます。すると何が起こるか。その虫は十倍の拡大率で見ればよく見えるけれど、他の虫はその分ぼける。だからその虫以外の世界は、十倍ぼけてしまうのです。

じゃあ、他の世界も十倍で観察しよう。そうやって何かを精密に調べると、調べた分だけ、世界が莫大になっていきます。倍率を上げていけば、世界はますます大きくなっていく。百倍にすると、一センチの虫は一メートルになってしまう。

星の観察も同じです。ある星を望遠鏡で百倍に拡大すると、宇宙は百倍になる。他の星もその精度で見なきゃいけなくなりますから。すべての星をそうやって観察できるでしょうか。

精密に調べればそれだけ問題は増えていきます。いくら調べたってキリがない。世界はそれだけ複雑にできているのに、意識はそれを単純化して説明したがります。

科学なんて「こういう前提で、こういう結論にしておきましょう」と言っているにすぎません。だから、前提が変われば結論なんて簡単に変わる。「これは正しい」という科学者は信用できません。

現代のデジタル機器は、十倍、百倍どころの話じゃありません。カメラで対象を拡大すると、ピントがぼける部分が出てきます。ところがパソコンで合成すると、全体でピントが合った虫の拡大像ができあがります。これをどう考えたらいいのか。

そのうち筑波大学准教授の落合陽一氏の「デジタルネイチャー」という言葉に出合って、なるほどと感心しました。コンピュータによって合成された画像ですが、ぼけていない。これは拡大した自然の姿と言っていいでしょう。デジタル機器のおかげで、私たちの目はよくなったのです。

私も、虫を見るときデジタル機器の恩恵に与《あずか》っています。デジタル機器で、複雑な世界を精密に見ることができるようになりました。

しかしそこで使われているテクノロジーは、あくまで補助具です。その手前には、生身の虫があります。コンクリートの都会にいたままでは、いくら高性能の顕微鏡があっても、虫を見ることはできません。

私の唯一の財産は、自分で作った虫の標本です。すべて箱根の家に置いてあります。

もともと、標本にカビが生えないように、エアコンで室内の湿度をコントロールできるような設計で作った家ですが、十年経ったときにエアコンが壊れました。やはり、手間を省いて管理しようという考えはよくなかったようです。

ある人が、「ファスナー付きのビニール袋に脱酸素剤を入れておけば、カビも生えないし十年保ちますよ」と言うからそうしたこともありました。でもそうすると、今度は簡単には開けられなくなります。だから絶えず観察して、管理する方法が一番いい。手間を惜しんでは、虫を見ることもできないのです。

人間が機械に似てくる脳化社会

パソコンやスマートフォンに象徴されるように、脳化社会はますます進行していま す。コンピュータとは何なのか。おそらく一番新しく脳の中にできた計算機能を最大限に使って、外へさらに広げたものでしょう。

最近ではＡＩが人間の仕事を奪うなんてことがよく言われます。どうしてそういう発想になるのか。コンピュータにできることを人間がする必要はありません。百メートル走をオートバイと競う人がいないのと同じです。

計算するのに特化したアルゴリズムで動く機械と、人間が競う必要はありません。人間がコンピュータと将棋を指して負けたからって、コンピュータが偉いわけではありません。それならクルマもオートバイも偉いことになります。

脳とＡＩの最大の違いは、身体があるかないかです。脳は身体の一部です。身体がなければ、できないことはたくさんあります。計算だけでできる仕事は、ＡＩにやってもらえばいいでしょう。経済的、合理的、効率的であればいいからです。

銀行が今後十年で数十万人リストラすると言っています。その数十万人は、コンピュータが進化するとリストラされるような仕事をやらされていた。これをおかしいと思わないのは、脳化社会の住人になっている証拠です。

毎日コンピュータを触っていれば、コンピュータに似てきます。判で押したような対応をするようになってきたのも、コンピュータに似てきたからです。

歌を歌うとき、昔は、ギターを持った人が歌に合わせて伴奏してくれました。キーが狂ってもテンポが遅れても上手に合わせてくれます。

ところがいまは、カラオケの機械に私たちが合わせて、点数までつけてもらって喜んでいます。

ＡＩが人間に似てくるという人は、人間は融通が利く生き物だということを忘れています。機械は融通が利きませんから、人間が機械に似てきている。融通を利かせながら、融通が利かなくなっているのが現代人です。

「テクノロジーの変化は必要ですか？」と聞かれることがあります。若い人は絶えず何か知らないことを知ろうとします。「どんな意味があるのか？」「それは必要か？」「それは役に立つのか？」。そういう根本的な問いを立ててしまうと、何もしなくていいという結論になります。そんなことを追求しても仕方ありません。

社会はどんどん至れり尽くせりになりましたが、人間は怠けます。人間は合理的にできていますから、使わないものは省略するのです。都会にいると知らないうちに便利になるので、何が本当に必要なのかがわからなくなります。

私が「田舎へ行き、自然を相手にしよう」と言うのは、不自由な暮らしをすれば必要なものがわかってくるからです。本当に必要なものというのは大して多くありません。自由な暮らしをしていると、なんでも手に入ると勘違いするから、要求ばかりが大きくなるのです。

ツイッターやフェイスブックを見ると、「ああ、脳の排泄器官が増えたんだな」と感じます。それで「データを奪われる」と言ったって、血が取られるわけじゃありません。意識の世界、意味の世界がすべてだと思うから、データを取られると自分を失うように思ってしまうのでしょう。

いま、東京都民はほぼ一〇〇%が病院で生まれます。そのうちのほとんどが病院で死んでいる。病院で人生が始まって、病院で終わる。そこからすると、都民全員が「いまは、仮退院してシャバにいる」だけのことです。

データを云々する前に、こういう状況を「変だ」と気づけるかどうか。文字で読んだって、気づくことにはなりません。だから自然に直面し、身体で感じることが大事なのです。

第五章

自然の中で育つ、自然と共鳴する

都市化が進み、頭中心の社会になった

日本は、現在でも森林が豊かな国です。約四割は人工林ですが、国土の七割近くを森林が占めています。昆虫もたくさんいます。イギリスのように徹底的な環境破壊に至らなかったのは、日本の自然が非常に丈夫だからでしょう。

雑木林を見ればわかるように、日本では切っても切っても木が生えてきます。江戸時代には、毎年生えてくる分で需要をだいたいまかなうことができました。梅雨や夏の高温多湿、また、台風や大雪などは人間にはありがたくないものですが、そのおかげで、日本はかなり北にある国なのに、六月から九月までは植物が猛烈な勢いで繁茂します。昔の日本人がなんとか食べてこられたのは、自然の恵みが豊かだったからにほかなりません。

こうしたありがたい環境を、これでもか、これでもかと、ひたすら破壊してきたのが戦後の半世紀でした。戦後の日本は都市化が一直線に進んできました。都市化が進んだのは、頭中心の社会になってきたからです。「ああすれば、こうなる」という形

でものを考える。それが悪いということではありません。でも物事には程度があります。それがすべてになってしまうと、あちこちに具合の悪いところが出てきてしまいます。

最近の人は、着火剤を使わないと火を起こせないという話を聞きます。太い薪と新聞紙とマッチがある。それでどうするか。新聞紙の上に薪を置き、新聞紙に火をつける。これでは新聞紙が燃えて終わりです。太い薪は燃えてはくれません。薪を割ったりナイフで削ったりして、燃えやすくするという発想がないのです。

若者にたき火の番を任せたところ、じっと見ているだけで火が消えてしまったという話も聞きました。若者は薪をくべることを思いつかなかった。

ガスも電気も、薪をくべなくたって、いつまでも燃えてくれます。風呂沸かしも、飯炊きも、すべてボタンを押せば済む。昔はどちらも、薪に火をつけるところから始めました。適切な手順を踏まないと、火は大きくなりません。いちいち自分で手順を追ってやった世代が、こういう世の中で暮らすと、便利この上ない。しかしいまの人たちは、初めからボタンを押す生活です。

ボタンを押せば、風呂が沸く。これは「ああすれば、こうなる」という図式そのままでです。そこには薪を置く順序を間違えると、火はつかないという発想が欠けています。

都市化する以前、人間は自然と共存していました。自然と共存するとはどういうことか。自然と聞いて人々がまっさきに思い浮かべるのは、屋久島の原生林や白神山地のようなイメージかもしれません。人間とできるだけ関わりのないところ、人間の手が入ってないところというイメージです。

しかし、本当に人間と関わりがないのなら、そんなものあってもなくても同じではないか。人間と関わりがなければ、自然と人間は断絶することになります。でも、日本人の自然に対する感覚はそれとは違う。日本人の根っこには「自然とは折り合いをつけるもの」という感覚がある。これは自然を相手として認めているということでもあります。

自然とつき合う知恵とは

日本人が自然とつき合う独特の知恵として、「里山」というものがあります。里山とは、人里近くにあって、そこに暮らす人々の生活と密接に結びついている山や雑木林などのことです。雑木林からはさまざまなものを手に入れることができます。育った木は炭の材料や薪になるし、落ち葉や下草は堆肥になります。雑木林を維持し、上手に利用するため、江戸時代から農家の人たちが「手入れ」を続けてきました。

草地に木が生え始めたとき、成長するに任せていると、関東より西では最後には照葉樹林になってしまいます。照葉樹は日差しをさえぎるので、下の地面には下草が生えなくなります。そうなると、下草と共存するさまざまな生物も育ちません。里山では、木の成長に合わせて手を入れることで、照葉樹林になってしまうことを防いできました。

その結果、木々は十五年から二十年というサイクルで成長し、交代していきます。関東の場合、里山の雑木林は、コナラのように高さが十五メートル程度の高木とエゴノキのような十メートル程度の亜高木、さらに、低木、ササなどからなります。本来なら、シイやカシなどの照葉樹林になるところが、手入れのおかげでこのような生態系が保たれてきたのです。

里山の雑木林が教えてくれるのは、自然は手を入れたほうが一面では豊かになるということです。私は鎌倉で生まれ育ち、いまも鎌倉に住んでいます。戦前は、鎌倉の山も里山として手入れがされていました。だからそういう環境に適応したさまざまな生き物がいました。

戦後は炭焼きも下草刈りもしなくなったので、鎌倉の山はいまのほうが自然林に近づいています。クヌギやナラがすくすくと伸び、ところどころにあった照葉樹は大木となり、林内は暗くなり、自然林に棲む虫のほうが優勢になってきています。

子どもの頃、鎌倉市内を眺めわたすことのできる小高い丘が好きでした。いまはそこに登っても何も見えません。木が大きくなり、葉が茂ったから、見通しが悪くなってしまったのです。戦前といまのどちらがよいか、一概には言えません。ただ、昔の人間はずいぶん自然に手を入れていたことはよくわかります。

循環型社会の江戸時代

江戸時代は生産力が低かったこともあって、徹底的なリサイクルが行なわれていました。現代で言う循環型社会です。着物は何回も仕立て直し、親子で着たり、三代で着たりしました。浴衣もおしめやぞうきんにして使い切った。布地を作るのに大変な労力がかかったので、衣類を簡単に捨てたりはしません。布地として利用できる限り、利用し尽くしました。

江戸時代のリサイクルの大きな特徴は、屎尿《しにょう》処理にあります。当時の農業では、田畑の周囲から刈り取った草をすき込んで肥料にする方式をとっていました。しかし農地開拓が進むと肥料にする草が不足します。そこで人々は、人の屎尿やかまどの灰を肥料として使うようになりました。屎尿を雪隠《せっちん》に蓄えておくと、農家がそれを引き取りに来ます。やがて屎尿の流通体制もできあがって、農家は仲買や問屋を通して屎尿を買うようにすらなったのです。

人口百万人と言われる江戸は、世界でも有数の大都市でしたが、下水道はありませんでした。なぜか。屎尿がリサイクルされていたからです。同じ頃、欧米では、屎尿を川に流していました。大都市で大勢の人が屎尿を川に垂れ流していたら、生活はたちゆきません。だからヨーロッパの都市では下水道が発達したのです。

江戸は大都市だったのに、中国やヨーロッパの都市のように、徹底的な環境破壊に至らなかったのはなぜでしょうか。日本の自然が丈夫であったことはたしかです。それに加え、日本では都市の範囲が狭く、すぐ周りに田舎が共存していたからではないかと思います。田舎が都市の近くにあれば、都市と自然は断絶しません。

そもそも日本の都市には城壁がほとんどありません。はっきりとした仕切りがなく、だんだんと村へ移っていくのです。唐の長安城は城壁で囲まれていましたが、それを手本にした平城京は、内裏こそ築地塀で囲まれていたものの、町全体を囲む塀はありませんでした。そのためか、都が平安京に移った後はあっさりと忘れ去られ、農地になったと言います。平安京にも、塀が築かれた形跡はありません。おそらく日本人は、都市と村の間に塀など必要ないと思ったのでしょう。塀がないということは、都市の人間と自然との間に、常に行き来があったことの表れではないでしょうか。

「手入れ」の気持ちがあるかどうか

江戸時代の有名な儒学者に、荻生徂徠《おぎゅうそらい》という人がいます。儒教は「道」ということを説きます。徂徠がそれまでの儒学者と違うのは、道の解釈です。徂徠は、道は自然にあるのではなく、昔の聖人が作ったものであると断言します。つまり道とは人為なのです。

しかし、人の生については「人為ではない。これは天である」と言います。この場合の天というのは自然です。荻生徂徠は、自然の道と人間の道という二本の道を別々に立てている。これは、私の言う自然と都市と同じです。

二宮尊徳もこれとよく似た思想を展開しています。尊徳も天道と人道を非常にはっきり分けました。たとえば家を建てる、塀がある。これは放っておくとどんどん壊れていって、屋根はいずれ雨漏りがするようになり、塀はいずれ崩れていってしまう。これは天道であると尊徳は言います。つまり私流に言えばそれは自然です。しかしそれをなんとかして漏れないようにし、塀を補修して建てていくのが人道である。つまり人間のやることだと言います。

丸山眞男は、「歴史意識の『古層』」という論文の中で、『古事記』や『日本書紀』で一番使われている言葉は「なる」だ、と指摘しました。実がなるとか、木が繁茂するという意味の「なる」です。日本の文化の根本にはそういう強い自然があり、絶えずそういうものと向き合ってこなければなりませんでした。

日本の川は透明です。屋久島に行ったとき、土地の人から、「屋久島では、ひと月に三十五日雨が降ります。雨粒はラッキョウぐらいの大きさがあります」と言われました。そのくらい大量の雨が激しく降っているにもかかわらず、川が濁らない。しょっちゅう雨が降るので、流れるべきものはすべて流れてしまっているということもあるのでしょう。世界の川はたいていどこも泥色をしていますが、日本には泥水色の川はありません。上流で工事をしたり、大雨の後は濁りますが、すぐ元の透明度に戻っていきます。

日本の植物生産量は、世界的に見ても極端に多い。この人口過剰気味の島国が、完全に自然を破壊せずに生きてこられたのは、土と水とに恵まれていたからです。

私はよく、「田んぼは将来のあなただ」と言います。言われた人は、たいがいポカンとしている。田んぼに稲穂が実り、米を収穫し、その米を食べれば、それは自分の身体の一部になります。大気も同じです。周りの空気を吸い込めば、それが自分の身体の一部になる。つまり、田んぼの実りも人を取り巻く空気も、いずれ人の一部になります。それが、「田んぼは将来のあなた」の意味です。

だとすれば、環境は自分の外側にあるものではありません。昔の日本人は、そのことをよくわかっていました。だから、暮らしには手入れが不可欠だったのです。

「手入れ」は、自然とつき合うときにだけ必要なのではありません。身づくろい、化粧、子育てなど、日常生活のあらゆる場面に関わっています。仕事をするときも、家事をするときも、食事やレジャーを楽しむときも、心の底に「手入れ」という気持ちがあるかどうかで、小さな判断すら変わってきます。

自然の存在を認めることから

手入れとは、まず自然という相手を認めるところから始まります。自然という相手を認めるなら、次にそれを自分の都合のいいように動かすにはどうするか、その問題が出てきます。それが「手入れ」の基本です。

まったく手つかずの自然を理想とすると、とたんに無理が生じます。人間だって自然です。手つかずの自然とは、女性で言うなら、いっさいの手入れ、つまり化粧も何もしないということになります。逆に身体を都市化するなら、美容整形ということになる。意識の思う通りに、顔という自然を改変するからです。

どちらも一般的ではありません。生まれついての自分の顔を、なんとか「見られるもの」にしようとして、毎日鏡に向かい、ああでもない、こうでもないといじる。それを何十年か続けるなら、まさに「自分の顔」というものが生まれてくる。その過程こそが「手入れ」なのです。

手入れは化粧だけではありません。子育てもまったく同じ原理です。自然は予測不能です。同じように子どもの将来を予測することは、完全にはできません。だから母親は毎日、ガミガミ言う。尊徳の言ったように「やかましく、うるさく」人道を説きます。それでも思い通りの大人になるかどうか、そんな保証はありません。しかしそれ以外にやりようはない。田畑で働くのも、まったく同じ。「手入れ」とは、生活のすべてを包含する原理だったのです。

手入れは毎日しないと意味がありません。毎日、手入れをするには何が必要か。現代人が嫌う「努力・辛抱・根性」です。

自然とつき合っていくには、地道な努力に加えて、予測ができないことを我慢する忍耐が求められます。わからないことを空白のままにし、何割ぐらいかがわかれば、まあこんなところだろうと思って、とりあえずつき合う。そういう辛抱が必要になるのです。

昔の人は自然につき合う必要があったから、ひとりでにこうした性格をもつようになりました。そう考えると、都会に住む現代人が努力・辛抱・根性を嫌うのもよくわかります。周りに自然があるわけでなし、自然とつき合うための性格など、特に要求されません。頭の回転が速く、気が利いて、上手に言葉が扱える。都会で生きていくには、そのほうがはるかに重要だと、日々体験しているのです。

子どもという「かけがえのない未来」

子どもが生まれてくると、あらためてわかることがあります。子どもは何かの目的をもって生まれてくるわけではありません。人の一生もそうです。生きる意味や目的を言いたがる人はたくさんいますが、私たちは何らかの目的のために生きてきたわけではありません。毎日、生きることに必死になっていれば、そんなことを考える余裕なんてありません。

一人ひとりの一生はなんだかわからない、理由などよくわからない一生です。子どもだって将来どうなるかわかるはずがありません。そういう当たり前のことが、都市の中に暮らしているとわからなくなります。

都市だったら設計図を書いてぱっと作ることができますが、自然相手の手入れには設計図がありません。

「ああすれば、こうなる」は人工の世界、都市の世界です。自然はそういうものではありません。ああすればこうなるほど単純なものではないと、私は思っています。それを現代社会では、徹底的に人工化していこうとする。「ああすれば、こうなる」と考えています。

すべてが予定の中に組み込まれていったときに、いったい誰が割を食うのか。それは間違いなく子どもです。子どもはなんにももっていないからです。知識もない、経験もない、お金もない、力もない、体力もない。何もない。それでは子どもがもっている財産とは何か。それこそが、いっさい何も決まっていない未来、漠然とした未来です。

その子にとって未来がよくなるか悪くなるか、それはわかりません。ともかく彼らがもっているのは、何も決まっていないという、まさにそのことです。私はそれを「かけがえのない未来」と呼びます。だから、予定を決めれば決めるほど、子どもの財産である未来は確実に減ってしまうのです。

子どもの頃、よくバケツにいっぱいカニを捕って遊んでいました。「お前それをどうするの」と言われても、別にどうするわけでもない。捕ったらあとは放すしかありません。子どもはそういう目的のない行為が大好きです。生きているとは、そういうことです。

私の家は鎌倉の警察のわきで、横丁でした。後に母から聞いたのですが、私が幼稚園から帰ってきて、横丁でしゃがんでいる。母は「何しているの」と聞く。「犬のフンがある」「犬のフンがあって、どうしたの」「虫が集まっている。虫が来ている」。そして母が聞くわけです。「こんな虫のどこが面白いの」。

どこが面白いのと言われても、本人が面白いのだから仕方ありません。こういうふうにして、人間といろいろな事や物を覚えるのです。大人は、子どもが好きなことをやっているときに、それが何のためかという無意味な質問を繰り返す動物です。私はそれを子どもの頃から知っていました。

感覚より言葉が優位になる

都市の中で生きていると、感覚はどんどん失われていきます。

たとえば絶対音感の人は、他の人と何が違うかわかりますか。昔は小さいときから楽器の教育をしないとそういう特殊能力は身につかないと言われていました。ところが、動物を調べてみると、調べられた限り全部絶対音感なのです。耳の構造を考えると理解できます。耳の中が共振する。共振する場所が決まっていますから、同じ高さの音が聞こえたら同じ場所が震えます。だから音の高さは、絶対的にわからなきゃいけないのです。

動物が全部絶対音感であるということは、人間の赤ん坊も絶対音感をもっています。でも多くの人は、それを失ってしまう。耳の中で同じ場所が振動しているのに、それを無視するようになってしまう。これが相対音感です。

なぜそうなのか。言葉が関係しています。お母さんが高い声で「太郎」と言って、お父さんが低い声で「太郎」と言っても、同じ自分のことだとわからないと言葉が使えません。人間は言葉を扱う便宜上、できるだけ音の高さを無視して、同じ音、言葉だというふうに聞くようになったんです。そのためには絶対音感をなくしたほうが有利になる。音楽家に絶対音感をもち続けている人が多いのは、小さいときから楽器訓練をして、動物的な耳の感覚を保ち続けているからでしょう。

当然、犬も猫も絶対音感をもっています。だから犬も猫も言葉を話せない。同じ「ポチ」でも、お父さんとお母さんでは、音の高さが違います。犬はそれを、同じものとはみなしません。ウグイスに「ホーホケキョ」と私が言っても来ません。感覚を優先する限り、言葉は話せないのです。

人間が言葉を話せるようになった一番の根本は「感覚よりも意識が優位になった」ことにあります。意識が発生するのは間違いなく頭の中です。外界と接しているところは感覚ですから、その感覚を動物は優先してしまっているので、言葉は作れません。

余談ですが、人工音声なら音の高さをコントロールできます。それで動物を訓練すると、人間が話すよりは言葉がわかるようになるかもしれません。

都市以外の場所で一定期間過ごす

私たちの祖先は最初は水の中に住んでいて、シーラカンスみたいな格好をしていました。人類の祖先を五億年ほどさかのぼれば、シーラカンスがいる。でも、「シーラカンスがヒトになる」と言ったら、誰だって絶対変だと思うでしょう。

たしかに成体を見ると、とんでもない変化に思えます。でも受精卵の形はシーラカンスもヒトも同じ丸です。

親として卵を産む。卵が親になって、その親がまた卵を産んで……。こういう繰返しを続けながら、いつの間にか遺伝子が変わってヒトになりました。進化というのは、発生過程のわずかなズレで、それ以外のものではありません。五億年かかってわずかずつズレていった結果、ヒトができあがった。

ただ、シーラカンスはシーラカンスで、そのままいる。そういう意味ではなんでもありです。シーラカンスのままで来るのもありだし、ヒトまで行くのもありです。

どこかの時点で、少しズレた魚が陸に上がりました。陸に上がると歩かなければいけません。いろいろ運動しなければいけないので、脳の中に運動のソフトウェアができていった。運動が下手なものは他の魚に食われたり、食べ物にありつけなかったりして、いなくなっていきます。五億年もかけているから、運動のソフトウェアも非常に性能がよくなっている。

歩くときに、右の足をどのあたりに置いて、次に左の足をどこに置いてと考えて歩く人はいません。我々の身体は重力に対してどう身体を動かすかがわかっている。みんなそういうソフトを頭の中に持っているのです。

これは「ああすれば、こうなる」とは違います。自然の中で試行錯誤をして、身につけたソフトです。逆に言えば、「ああすれば、こうなる」の世界だけで生きていると、身体的なソフトは劣化してしまいます。

自然に手入れをする感覚を少しでも取り戻すために、私はさまざまな本で「現代の参勤交代」を提唱してきました。都会の人が、たとえば一年に一カ月でもいいから、田舎の過疎地に滞在し、身体を使って働いたり、のんびりしたりできるようにするのです。日本人で有給休暇を完全に消化している人はほとんどいませんから、きちんと休みをとるためにも有効です。みんなが順番に休み、リフレッシュしてふたたび仕事に取り組めば、そのほうが、効率も上がっていいはずです。

田んぼの手入れでも、スギの間伐でも、なんでもいいので、実際に何かをやれば、自然や文化に対する考え方が違ってきます。都市についての考え方が変わってくるかもしれません。過疎になった地域も生き返る。それこそ、日本全体の国土の再生になります。

「伝統文化を大事にしよう」と声だけ大きく張り上げても、日常的に自然と接触しなければ、絵に描いた餅にすぎません。大切なのは、日常の中に伝統的な文化を入れていくということです。頭の中だけの思想ではいけません。そういうものは定着せず、継承も困難です。身体を使う日常の生活の中に蘇ってこなければ、本物ではありません。

「現代の参勤交代」はもともと、霞が関の官僚たちを念頭に置いたアイデアだったのですが、サラリーマンも、自営業者も、みんなで長期の移動滞在をすればいい。都市以外の場所で、一定期間過ごすことの効用は決して小さくないはずです。

江戸時代は、参勤交代によって街道筋が大変栄えました。大名行列が行ったり来たりすること自体に、意味はありません。ただ、大勢が都会と地方を行き来すると、経済的な再分配機能も働くのです。

現代でも同じです。山に行って「俺は山がいい」と言う人がいれば、その人はそのまま住んでしまえばいい。海辺の暮らしが気に入ったら、そこに移住すればいい。それが再分配になるのです。

他にも重要な効用があります。日本は災害列島ですから、いつ東京で震災が起こるかわかりません。いまの東京で震災が起こった場合、猛烈な数の難民が出るはずです。断水したら、当分トイレが使えません。家もなくなるかもしれない。だから、参勤交代をしながら、自分の田舎をつくっておくのです。

身体に力が入っていると虫の姿が見えない

もちろん「手入れ」は、簡単なことではありません。「努力・辛抱・根性」が必要です。たとえば、里山は多くの生物からなり、刻々と姿を変える複雑なシステムです。そのシステムをいつも良好な状態に保つには、相手の置かれている状態を知り、これからどのように変化するのかを、感覚的に予測しなければいけません。

この予測は、計算機で行なう「ああすれば、こうなる」式のコントロールとは違います。「手入れ」は相手を認め、相手のルールをこちらが理解しようとすることから始まります。だから相手と頻繁に行き来し、相手の様子に合わせて手の加え方を決めていく必要があります。

それに対して「コントロール」は、相手をこちらの脳の中に取り込んでしまうことです。相手を自分の脳で理解できる範囲内のものとして捉え、脳のルールで相手を完全に動かせると考えるのがコントロールです。

しかし自然を相手にするときには、そんなことができるはずがありません。虫を追いかけているのも、虫がどこにいて何をしているのか、自分の脳がすべて把握できるわけではないからです。相手を自分の脳を超えたものとして認め、できるだけ相手のルールを知ろうとする。これが自然とつき合うときの、一番もっともなやり方です。

毎週木曜日、虫好きが集まってZｏｏｍ会議をやっています。先日、こんな話を聞きました。夜中に森の中に入ったとき、身体のどこかに力が入っていると虫が見えないと。完全に力が抜けていると見えると言います。どこかに力が入っていると虫は逃げるとも言っていました。これは禅で言う無心の境地です。

手仕事で器を作っている人も同じようなことを言う。身体を使って、何かと関わっているときにはそういう境地があるのです。

セミが好きでラオスに行き、二十五年間ずっとチョウばかり捕っている知人がいます。彼を見ていると、虫捕り網の振り方と剣の使い方は似ています。素人は両手で網を持って、網に振り回される。素人に剣を持たせると剣に振り回される。剣を使っていることにならない。その道のベテラン、身体の使い方のベテランの話を聞くと、相当普遍性が強いことがわかります。

こういう身体の動かし方は、それこそ「努力・辛抱・根性」を続けないと、身につきません。自然は変わっていくからです。

虫一つ見ても、同じグループとされるものでも形態がずいぶん違っています。草花もそうです。木に葉がつくとき、木の種類によって対になっていたり、互い違いになっていたりします。

『コンピュータが仕事を奪う』（日本経済新聞出版社）という著書のある新井紀子さんが、コンピュータにも得意と不得意があると言っていました。その一つが、危機管理です。危機というのは予測ができません。たとえば、地震もゲリラ豪雨も、あるいは新型コロナウイルスも、コンピュータは予測できませんし、それに対応することもできないのです。

考えず、自分の目で見てみること

人は二度と同じものを見ることはできません。同じ場所から富士山を見ていても、昨日と今日では違います。同じ道を歩いても昨日あったはずの石はなくなっているし、カラスなんてどこにもいなくなっています。

自分の目で見るということは、その日その時その場で体験することで、二度と見ることはできないもの、他人が見ることはできないものを見ます。だからとにかく自分で見てみることです。何も考えないで、ただ見ればいい。

「見る」ことを繰り返すと違いがわかるようになります。

解剖学の実習では、人体の標本を顕微鏡で見ますが、初めて肝臓の標本を見ても、自分が何を見ているのかさっぱりわかりません。それが肝臓の細胞だとわかるまでには、ある程度の経験が必要です。

これまで観察してきた経験があるから「これは肝臓だ」とわかるようになります。

さらに経験を積み重ねていくと、「これはちょっとおかしいんじゃないか」と気づくこともあります。そしてさらに積み重ねれば、「これは肝硬変ではないか」と診断できるようになるのです。

初めて見るときはただ見るだけで、何が何だかわかりません。地面をチョロチョロ動いている昆虫を見て、アリだとわかるのは、アリはこういうものだということを知っているからです。

だけど、よく見てみると、アリだと思ったものには足が八本ついていることに気がつきます。アリグモという、アリそっくりのクモがいるのですが、これまでアリをよく見ていれば、ひと目で「これはアリじゃない」とわかります。だけどそうでなければ、アリだと思ってしまうでしょう。興味がない人にとってはただの虫かもしれません。

つまり、何も知らない白紙の状態で何かを見ても、観察したことにはならないのです。だってアリグモを見ても、アリだと思ってしまうわけですから、違いがわかりません。私たちは、観察を積み重ねていくことでものを見ることができるようになるのです。

こういう観察に決まった方法はありません。やってみるしかない。ところが、「虫を見てみたら?」と若い人に言うと、「そうしたらどうなりますか?」と尋ねてくる。「やってみなきゃわかんないだろう」と言うと、「そんな無責任な」と言われます。

答えが見えないことを言うと無責任になる。でも、あらかじめ答えがわかっていることなんて、ちっとも面白くありません。

自然に身を置けば、発見の連続です。発見とは、新種を見つけることではありません。私はいま、ウクライナの虫を千匹ぐらい標本にしていますが、それを見ているだけでワクワクします。自分がまったく知らなかった虫と出くわすからです。これは全部発見です。世界の人が知っていようが知っていまいが、そんなことは私には関係ありません。ウクライナに行ったら誰でも知っている虫だとしても、私が知らなければ、見た瞬間に発見になります。自然は、そういう意味の発見に満ち満ちています。

「わかる」の根本にあるもの

以前、初めて会津に行ったときに「何か見たいものがありますか」と聞かれたので、「古い木が好きなんです」と言いました。すると、大きなケヤキの木のところに連れて行ってくれた。その木は田んぼの真ん中に立っていて、周囲に何もないから思う存分枝を伸ばしています。それが見ていて気持ちいいのです。

大きな木を見ると、時計のように感じます。このケヤキの大木は、上杉景勝《かげかつ》が慶長五年（一六〇〇年）に、城を建てようと予定していた地にあったと言われるものです。関ケ原の時代から最近のコロナまで、そのケヤキはずっと見てきた。時計のようなものです。

会津で泊まった旅館の窓から外の景色を眺めていると、ちょうど雪が降り始めました。旅館を取り囲む木々の細い枝一本一本に雪が降り積もって、風景が少しずつ白くなっていきます。いつまで眺めていても飽きません。子どもが夢中になっているゲームなどのデジタルな刺激とは違って、自然は向こうから働きかけてくることはありません。しかし、自然の中にじっと身を置いていると、徐々に自分が自然と同一化していくのがわかる。これが、とても心地いいのです。

少し理屈っぽいことを言えば、一本の木だって三十五億年という途方もない歳月を生き延びてそこに生えている。その形状がいい加減にできているはずがない。一本一本の細い枝の先端に至るまで、自然のルールを反映しているのです。そして、自然の中に身を置いていると、その自然のルールに、我々の身体の中にもある自然のルールが共鳴をする。すると、いくら頭で考えてもわからないことが、わかってくるのです。

自然がわかる。生物がわかる。その「わかる」の根本は、共鳴だと私は思います。人間同士もそうでしょう。なんだか共鳴する。「どこが好きなんですか」と聞かれても、よくわからない。理屈で人と仲良くなることはできません。

私は飼っていた猫と共鳴していました。「俺が働いてるのに、お前寝てるな」とか「何やってるの?」とか、言葉でなくともそういう交流をいつも感じていました。

子どもの身体性を育てる

動物は共鳴することを知っています。

子どもたちと一緒に、虫捕りのために山に行ったときのことです。山から下りてきたとき、とても暑かった。犬を散歩で連れてきていた人が、海岸で犬を放すと、犬は海に飛び込んでうれしそうに泳いでいました。動物と海は共鳴しています。

子どもたちもさぞかし海に入りたいだろうと思って見ていましたが、誰も海に入りません。勝手に泳いではいけないと思っている。いまの子どもは犬ほどにも幸せではないかもしれません。

江戸時代末期に日本を訪れたある外国人が、「子どもたちが幸せそうにしている」と旅行記に書いていたのを読みました。当時はたくさん子どもが生まれても死んでしまう子も多かった。あっけなく亡くなってしまう子どもを見ていたから、親は子どもの時代を存分に楽しませてやろうと思ったのでしょう。

現代は子どもがそう簡単には死ななくなり、子どもの人生は、大人になるための予備期間になってしまいました。「将来」という言葉で子どもの人生を縛って、子どもの時代を犠牲にしてしまうのです。

暑いときに冷たい水に触れると、「気持ちいい」という感覚が皮膚を通じて入ってきます。それを感じることが共鳴です。共鳴は身体や感覚で感じるものです。

いまの子どもはそういう身体の感覚を経験することが減っています。いろいろなことを体験させようと言っている人は多いのですが、どうもピンときていないように思います。

知人の崎野隆一郎さんは、栃木県の茂木《もてぎ》で、夏休みに「三十泊三十一日キャンプ」というプログラムを行なっています。何もない森の中で、屋根のついた小屋だけがある。そこで子どもたちは、朝から晩まで身体を動かして暮らします。毎朝自分で水を汲み、マッチなしで火を起こさなければご飯が食べられない。トイレも階段を百段くらい上らないといけない。

キャンプ中、手取り足取り教えるようなことはしません。そこで学べる一番のことは身体性です。人間にとって、自分の身体性は最も身近な自然です。自然は思うようにならない。それを自分で理解するのです。子ども自体が自然ですから、一日、二日で慣れていきます。日常の中に必然性が組み込まれていると、自然に親しむも何もなくて、ひとりでに親しんでしまうわけです。ボタンを押せばなんでもできる生活では、こうした身体性は育ちません。

五感で受け取ったものを情報化する

私がお手伝いしている「ＲＯＣＫＥＴ」というプロジェクトがありました。東京大学先端科学技術研究センターで、中邑賢龍《なかむらけんりゅう》さんの研究室が始めた、子どもたちに好きなことをやらせる異才発掘プロジェクトです。

そこに、子どもたちが描いた絵が飾ってありました。これまで見たこともないような素晴らしい絵がたくさんありました。以前、自由学園で生徒の絵を見たときにもそんなふうに感じたことがあります。

子どもは何の役にも立たないと言われるようなことでも、長い時間、丁寧にやるものです。そうやって自由に描かせると、非常にいいものができます。

人は、美しい光景を見て、これを残したいと思ったときに詩や俳句を作ったり、あるいは絵を描いたりしています。五感で受け取ったものを言葉や絵にして表現し、人に伝えるというのは、情報に変えていくという作業です。

そういう作業はとても時間がかかります。だからどんどんやらなくなっています。

大人はその辛抱がないので、そんなふうに絵を描きませんし、子どもが絵を描いていると、すぐに「何の絵?」と聞きます。学校では「いますぐやりなさい」「時間内に書き終えなさい」と言います。考えているだけで時間が終わってしまう子だっているはずです。

同じようにコンピュータを使うにしても、野球を好きな子どもがエクセルで作った野球のスコア表を見せてもらったのですが、行や列ごとに色付けをしていて、その表自体がアートだと思うほどきれいに作られていました。

子どもは色をそのもので見ていますから、色使いもハッとさせられます。大人がパソコンで書類を作る際、ハッとする色使いにできる人が少ないのは、五感で受け取ったものを表現しなくなっているからです。

見たものを絵や言葉にするのにはとても時間がかかりますから、だんだんと写真に撮ったり、単純な言葉で表現したりするようになりました。社会全体を見てもそうです。カバン一つとっても、大量生産でたくさん作れるようになる時代になると、職人が一つひとつ丁寧に作ったカバンの格が下がってしまいます。

私は、五感で受け取ったものを絵や詩に表現し、情報化できる人がたくさんいる社会が健康だと思うのです。

この「情報化」は、情報処理とは違います。情報処理は、すでに情報になっているものをどう速く処理するのかということです。たとえば、大学入試のセンター試験（現・大学入学共通テスト）は、情報処理が速い人が有利です。

社会が近代化するにつれ、情報処理のスピードが求められる一方で、丁寧に情報化する作業を切り捨てるようになっていきました。だから私は、山に行け、田舎に行けと言うのです。

都会育ちの人は、山に行っても、何をしたらいいかわからないと言うかもしれません。山に行ったことのない子どもは、そこでの遊び方がわからないでしょう。でも、それでいいんです。その、途方に暮れた状態から始めればいい。そこで自分なりに楽しみ方を見つけていく。そこから、自分の組み立て直しが始まる。「森に行くと、どんないいことがあるんですか」という質問をしているうちは、何も見つかりません。まずは行ってみることです。

どんな効用があるのかわからなければ、行きたくない、というのは寂しい考え方です。そういう思いがまず頭にあるから、頭にあることしか体験できなくなってしまうのです。豊かな生活と言われながら、人生が貧しくなってきているのは、ここに一番の原因があります。

時々自然の中に入っていくことは、すべての人にとって、プラスの意味をもっているはずです。そこでは、少しだけかもしれませんが、人生が豊かになっているのです。

あとがき

さて、「わかる」ということが、わかっていただけたでしょうか。そんなわけ、ないですよね。

自分のことで恐縮ですが、今年の誕生日が来ると、私は八十六歳になります。なにをしているかというと、ゾウムシを調べてます。調べてなにがわかるかというと、たぶんなにもわからないでしょうね。今見ているこのゾウムシは、なんというゾウムシか。いくら調べても名前がわからない。そうなったら、自分で名前を付けます。いわゆる新種です。

名前がわかったら、どうだというんですか。本当にそうか、と確かめます。でも箱根で捕まえたのと、福井で捕まえたのは、ちょっと違うじゃないですか。どこがどう違うか、丁寧に比較します。触角の節の長さが違います。節は十二あるから、長さを測るのは簡単ではありません。採集したときに、ヒゲが切れてしまった標本が混ざってます。こいつは使い物になりません。

という調子で、延々と作業します。説明するだけでも疲れますね。そんなこと調べて、どうするんだ。子どものときからそう言われ続けてます。もう慣れました。どうぞご心配なく。

大学の助手のときには、トガリネズミを調べました。札幌近くの石狩の防風林に、屑籠《くずかご》を埋めてトラップとし、オオアシトガリネズミを採りました。屑籠に落ちたネズミの全身を切片《せっぺん》標本にして、顕微鏡で見ました。腰椎の両脇に、ファーター・パチニ小体が一個ずつありました。ネコの腸間膜《ちょうかんまく》にはたくさんあります。ヒトの指にもあるんです。

それでなにかわかったか。なにもわかりませんね。ヒゲを調べたら、あれこれ構造が見えて、面白かったんです。それらの結果をまとめて「トガリネズミからみた世界」という報文を岩波書店の科学雑誌『科学』に書きました。その原稿を恩師の中井準之助先生に見ていただきました。その中に私がトガリネズミを調べて、本当に理解するとしたら、共鳴しかありえない、という趣旨のことを書きました。先生はそこに線を引いて、引き出し線で余白に「合掌」と書かれたんです。今でも思い起こすと、涙が出そうになります。

先生の生涯の研究テーマは神経筋接合部の形成でした。私は弟子ですが、鬼っ子でした。トガリネズミは先生のテーマとは全然違います。先生は自分が研究をする理由について、「知りたいから」と言われるのが常でした。「わかりたいから」と言い換えても叱られないと思います。先生は私が「わかりたいから」やっていることを、弟子が自分の研究とまったく違うことをしているのに、理解してくださった。だから涙なのです。

八十歳の半ばを超えるまで、私は自然と呼ばれる世界を理解したかった。若いときから、そのままでいるだけですね。トガリネズミもゾウムシも容易に「わかる」相手ではないと思います。本当にわかるとすれば、共鳴しかないでしょうね。今でもそう思います。先生は私のその気持ちが「わかった」のだと思います。そこでは二人が共鳴したのだと信じています。先生の口癖は、「教養とは人の心がわかる心だ」、でした。

共鳴とは、二つの固体の固有振動数がたまたま一致したときに生じる、日常的には一見不思議な現象です。共鳴はむろん意図して生じるものではありません。しかも無限の中の一点です。私はネズミになったり、ゾウムシになったり、ネコになったりしてきました。それでもなかなか共鳴までには至りません。やり方が間違っているに違いないんですね。理性で「わかろう」とするからでしょう。「意識で」と言い換えてもいいんです。
「わかる」ためには、意識や理性を外す。ここまでくると、ほとんど宗教の世界になりますから、もうやめます。合掌。

二〇二二年十二月

養老孟司

装画　尾柳佳枝
装丁　川名潤
DTP　キャップス
編集協力　斎藤哲也
編集　沼口裕美（祥伝社）

養老孟司（ようろう・たけし）

一九三七年、神奈川県鎌倉市生まれ。東京大学名誉教授。医学博士。解剖学者。一九六二年、東京大学医学部卒業後、解剖学教室に入る。一九九五年、東京大学医学部教授退官後は、北里大学教授、大正大学客員教授を歴任。京都国際マンガミュージアム名誉館長。

一九八九年、『からだの見方』（筑摩書房）でサントリー学芸賞受賞。二〇〇三年、毎日出版文化特別賞を受賞した『バカの壁』（新潮新書）は四五〇万部を超えるベストセラーに。大の虫好きとして知られ、現在も昆虫採集・標本作成を続けている。

その他の著書に『唯脳論』（青土社・ちくま学芸文庫）、『「自分」の壁』『遺言。』『ヒトの壁』（以上、新潮新書）、『解剖学教室へようこそ』（ちくま文庫）、『無思想の発見』（ちくま新書）、『半分生きて、半分死んでいる』『子どもが心配』（以上、ＰＨＰ新書）、『まる ありがとう』（西日本出版社）、小堀鷗一郎氏との共著『死を受け入れること』（小社）、宮崎駿氏との共著『虫眼とアニ眼』（徳間書店・新潮文庫）など著書、共著書多数。

ものがわかるということ

令和五年二月十日　初版第1刷発行
令和六年七月十日　　　第14刷発行

著者　養老孟司《ようろうたけし》
発行者　辻浩明《つじひろあき》
発行所　祥伝社《しょうでんしゃ》
〒１０１－８７０１　東京都千代田区神田神保町３－３
０３－３２６５－２０８１（販売部）
０３－３２６５－１０８４（編集部）
０３－３２６５－３６２２（業務部）

印刷　堀内印刷
製本　ナショナル製本

ISBN978-4-396-61763-9 C0095

祥伝社のホームページ　www.shodensha.co.jp